吸血鬼に雨が降る

✠ 雨男

ドドド……。

地鳴りのような響きに、いつもは眠りの深いエリカも目を覚まして、

「何の音?」

と、思わず口に出していた。

地震?　いや、揺れている感覚はない。

ベッドから出ると、エリカはパジャマ姿で大きな欠伸《あくび》をしながら、窓へと歩み寄った。

――夜中、三時を回ったころである。

カーテンを少し開けて表を見る。

「凄《すご》い」

集英社オレンジ文庫

吸血鬼と猛獣使い

赤川次郎

イラスト／ひだかなみ

CONTENTS

MAIN CHARACTERS

神代エリカ

吸血鬼クロロックと日本人女性の間に生まれたハーフの吸血鬼。
父ほどではないが、吸血鬼としての特殊能力を受け継いでいる。
現役女子大生。

フォン・クロロック

エリカの父で、東欧・トランシルヴァニア出身の正統な吸血鬼。
…なのだが、今は『クロロック商会』の
雇われ社長をやっている。恐妻家。

涼子

エリカの母亡き後、クロロックの後妻となった。
エリカより一つ年下だが、一家の実権は彼女が
握っていると言っても過言ではない。

虎ノ介

通称・虎ちゃん。クロロックと後妻・涼子の間に生まれた、
エリカの異母弟にあたる。特殊能力の有無はまだ謎だが、
噛み癖がある。

橋口みどり

エリカ、千代子と同じ大学に通っている友人。
かなりの食いしんぼで、美味しいものがあれば文句がないタイプ。

大月千代子

エリカ、みどりの友人で、大学では名物三人組扱いされている(?)。
三人の中では、比較的冷静で大人っぽい。

KYUKETSUKI TO MOJU TSUKAI

吸血鬼と猛獣使い

JIRO ✠ AKAGAWA

赤川次郎

と呟《つぶや》いた。

夜中だから、そうはっきり見えるわけではないが、テラスやその向こうの駐車場になっている辺りに照明がある。

その光景を見えなくするほどの勢いで、猛烈な雨が降っていた。まだときおり響いてくる、ドドド……という音の正体は、凄《すさ》まじい勢いで降り続ける豪雨のたてる音だったのである。

「これって……」

怖いようでもある。

エリカはパジャマの上にバスローブをはおって廊下《ろうか》へと出た。

同じ部屋に泊まっている、エリカの親友二人、大月千代子《おおつきちよこ》と橋口《はしぐち》みどりは、雨の音で目を覚ますことはなく、スヤスヤと、眠り込んでいる。

二人が鈍いというより、やはり父親である「正統吸血族」フォン・クロロックの血をひいている神代《かみしろ》エリカ。聴覚も人一倍鋭い。

そのせいで、実際以上に雨音が大きく聞こえるのだろう。

「——おお、エリカか」

フォン・クロロックも、ちょうど廊下に出て来たところだった。

旅館の寝衣姿の吸血鬼というのはあまり見たことがないだろうが、やはりクロロックも映画の吸血鬼みたいに、盛装（?）で棺《ひつぎ》の中で寝るなどという窮屈《きゅうくつ》なことはごめんなのである。

「ひどい雨だね」

「うむ」

と、クロロックは肯《うなず》いて、

「せっかく旅行に来ても、この雨ではな」

廊下の大きな窓から外を眺める。

もちろん外は真っ暗なのだが、夜も目の利《き》く吸血鬼である。

「川が増水しておるな」

と、クロロックは言った。

「この雨じゃね。でも——まさかここまで水は来ないでしょ」

「ここはかなり高台だから大丈夫だろう。だが逆の方が気になる」

「逆って……山の方ってこと?」

旅館は山の中腹辺りに建っている。

「大地の声に気を付けていよう」

と、クロロックは言った。

「しかし、せっかく温泉に来たのだ。夜中にひと風呂浴びてくるか」

「温泉好きの吸血鬼って、あんまり見ないね」

と、エリカは笑って、

「私も、目を覚ましちゃったから、入って来ようかな」

と、伸びをした。

「そういえば、ずいぶん遅くまで宴会で騒いでたね」

「ああ。仲居に訊いた。映画のロケに来ているらしいが、この天気で撮影できないので、かなり荒れているそうだ」

「気の毒に。——ああ、どこかで見たようなお客がいるな、と思った。役者さんだったんだね」

——エリカは部屋に戻ると、浴衣《ゆかた》に着替え、タオル一つ手にして、大浴場へ向かった。

ガラガラと戸を開けて入ると、客は一人もいない。

お湯をかぶってから、熱いお湯に身を沈めた。

「あーあ……」

と、欠伸をして、

「明日はどこに行くかな」

明日というより、時間的には「今日」だが、この大雨が続くようだと、どこへ行くのも大変だろう。

もしかすると、クロロックと若い妻涼子《りょうこ》の一人息子、虎ノ介《とらのすけ》ちゃんの相手をさせられるかも……。

温泉まで来て、赤ちゃんの相手じゃね……。

雨が止めば、タクシーでも頼んで、この近くの名所でも見に行くのだけど。

すると、戸がガラッと開いて、若い女性が一人、入って来た。

湯気が立ちこめているので、顔はよく分からない。いきなりお湯に飛び込むように入って来た。

エリカははねたお湯をかぶって、頭を振った。

「本当に、頭に来るわよね！」

と、その女性が言った。

「八つ当たりはやめて下さい」

と、エリカが言うと、相手はびっくりした様子で、

「え？　あ、ごめんなさい！」

と言った。

「てっきりスタッフの誰かだと思って。よそのお客さんなのね。ごめん！」

「いえ、いいですけど」

と、エリカは言った。

「ロケに来てるんですか？」

「そうなのよ。ところがこの雨で、もう三日も何も撮れてない。いい加減、うんざりして

ね」

　そう言うと、ちょっと笑って、

「ごめんなさいね」

　と、もう一度詫《わ》びた。

「私、沼田《ぬまた》みすずっていうの。一応、役者」

「そうですか。ＴＶドラマ？」

「いつもはＴＶドラマの脇役ね。今回は久しぶりの映画なの。みんな楽しみにしてるのに……。このまま、何も撮れないで引き上げることになると、予算の都合で映画そのものが中止になるかもしれない」

　少し湯気が薄れて、沼田みすずの顔が見えた。

「ああ！　この前、弁護士の役で」

「ええ。見てくれたの？　よく分かったわね」

「とても似合ってましたよ、あの役」

「ありがとう！　でも開始二十分で殺されちゃったけど」

二十七、八だろうか。美人という感じではないが、好感の持てる脇役というのが似合いそうだ。
「それにしても、凄い雨ですね」

と、エリカは言った。

「ねえ！　スタッフの間じゃ、『よっぽど強力な雨男か雨女がいるんだ！』ってことになってるわ」

と、みすずが苦笑して、

「酔ってくると、犯人捜しを始めちゃって。下手《へた》に指名されたら、どんな目にあわされるか分からないわ」

「そんな無茶な。冗談じゃすまないんですか？」

「ワーッと盛り上がると、勢いって怖いものよ」

「誰かのせいにしないと気がすまないんでしょうね」

「朝になれば、みんな冷静になるんでしょうけど……」

みすずは、かなり本気で心配している様子だった。

エリカは、お湯に浸かりに来ただけなので、もう出ようかと思った。これ以上入っていると、却《かえ》ってまた汗をかいてしまう。

だが、そのとき——。

ガラッと戸が開いたと思うと、

「みすずちゃん！」

と、浴衣姿の男が立っていたのである。

「堺《さかい》さん！　どうしたの！」

みすずがびっくりして言った。

「助けてくれ！　みんなが僕のことを外へ連れ出して、川へ放り込むと言って追いかけて来るんだ！」

大分頭の薄くなった中年男だ。それにしても——。

「堺さん、ここは女湯よ」

「分かってる。分かってるけど……」

「でも、他のお客さんが——」

と、みすずがエリカを見る。

エリカはとっさにではあったが、みすずがこの堺という男のことを心配していることに気付いていた。

「いいですよ」

と、エリカは言った。

そして――十秒しない内に、再び戸がガラッと開けられ、

「堺！　逃がさねえぞ！」

と、男が数人、入って来ようとした。

「キャーッ！」

エリカが、思い切り甲高《かんだか》い悲鳴を上げた。

「誰か！　襲われる！　助けて！」

ここぞとばかり、大声を出すと、

「何だ、よその客だぞ」

「何よ、痴漢《ちかん》！　変態！」

エリカは手おけで熱いお湯を男たちに浴びせた。

「いや——ちょっと人を捜して——」

「とっとと出てって！　一一〇番してもらうからね！」

「いや、失礼！　ごめん！」

男たちはあわてて出て行った。

エリカはホッと息をついて、

「もう大丈夫ですよ」

と、声をかけた。

お湯の中に潜って、息を止めていた堺とみすずが、ザーッとお湯をかき分けて出て来た。

「いや……どうも……」

堺は喘《あえ》ぎながら、

「助かりました……」

「ありがとう」

と、みすずが言って、

「堺さん、ともかく脱衣所の方へ出て。そこでしばらく待ってるといいわ」

「面目《めんぼく》ない……。どなたか存じませんが、おかげさまで……」

と、堺はむせながら、

「僕は……堺亮介《りようすけ》という役者です。何だか、宴会の流れで、僕が『雨男』だということにされてしまい……」

「それはいいですから、ともかくそちらへ」

「ああ、すみません！」

堺はあわてて脱衣所へと出て行った。

「――本当にごめんなさいね」

沼田みすずは、何度もエリカに謝るはめになった……。

✠ 秘めた声

「よし！　止んだぞ！」

大声が朝食の席に響き渡った。

温泉旅館ではあるが、食事は広いダイニングルームでとることになっている。

クロロックたち一行が朝食をとっていると、ドヤドヤと入って来たのは、ロケ隊の面々だ。

広いガラス張りの外を見て、曇ってはいるものの、雨が降っていないので、

「一気に撮るぞ！　みんな五分で朝食をすませろ！」

と怒鳴りまくっているのは、大柄な六十前後の男で、どうやら監督らしい、とエリカは思った。

「監督、五分じゃ無理ですよ」

と、他のスタッフが言っている。

「みんな、ゆうべ遅くまで飲んでて、調子が戻るのに少し時間が――」

「分かった！　俺も五分じゃ食えんな。――十五分だ」

「無茶言ってる」

と、大月千代子《おおつきちよこ》が笑って言った。

「ゆうべはどうも……」

と、エリカの方へやって来たのは、沼田《ぬまた》みすずだった。

「おはようございます」

と、エリカは会釈《えしやく》して、

「あの後、大丈夫でしたか？」

「ええ、みんな酔いつぶれて寝てしまったので。――今日は何とか撮れそう」

「あの怒鳴ってた人が――」

「監督の本多《ほんだ》さん。映画を撮るのは久しぶりなので」

そこへ――パッと華やかに目立つ女性が入って来た。

橋口《はしぐち》みどりが、食べる手を止めて、

「大田《おおた》さとみだ」

と言った。

三十を少し出たところか。スター女優として、このところ特に目立っている。

「さとみ！　ここへ来い」

と、監督の本多が手招きしたが、

「いえ、私、朝は一人で食べることにしてるんです。ご存じでしょ」

そう言うと、「スター」は一人、隅のテーブルについた。

「――ゆうべ何かあったの？」

と、虎《とら》ちゃんにコーンフレークを食べさせながら、涼子《りょうこ》が言った。

「夜中に大浴場に入ってたら、ちょっと……」

エリカは、ゆうべの出来事をかいつまんで話して聞かせた。

「面白い！　私も行ってりゃ良かったわ」

と、みどりが言った。

「ああ、今入って来たのが、追い回されてた『雨男』よ」

堺亮介《さかいりようすけ》は、ダイニングに入って来ると、スタッフたちのテーブルを避けて、ウロウロしていた。

追い回していたのがスタッフの面々だったので、そばへ寄りたくないのだろう。

すると、意外な方から、

「ここへいらっしゃいよ」

と、声がかかった。

みんなびっくりして、スターの大田さとみが堺を手招きしているのを見ていた。

当の堺はもっとびっくりしているようで、

「いえ、そんな……」

「いいから。早く座らないと、食べそこなうわよ」

「はあ……。それでは……」

大田さとみよりずっと年上の堺だが、申し訳なさそうに小さくなって、スターと同じテーブルについた。

エリカはチラッと近くのテーブルの沼田みすずへ目をやった。

みすずはどこか不安げに、堺のことを見ていた。――大田さとみは、堺に朝食のハムエッグのオーダーまでしてやって、

「ゆうべは大変だったんでしょ？　しっかり食べないと、体力がもたないわよ」

と言った。

スタッフもキャストも、十五分では無理だったが、二十分ほどで食べ終えると、せかせかとダイニングを出て行った。

監督の本多が、大田さとみのテーブルの方へ寄ると、

「おい、堺、のんびり食べてるんじゃないぞ」

と言った。

「はい、監督」

と、堺があわててコーヒーを飲み干し、立ち上がろうとすると、

「座って」

と、大田さとみが止めて、

「監督、朝食ぐらいちゃんと食べさせてあげて下さい」

「さとみ……」

「こき使うだけが監督の役目じゃないでしょ」

本多はちょっとムッとした様子だったが、スターを相手に喧嘩《けんか》するわけにもいかず、そのまま行ってしまった。

「さとみさん……」

堺が当惑したように言いかけると、

「いいのよ。あなた、いつもよく働くわ。大丈夫。私が一緒に行くから」

と、さとみが言って、コーヒーのおかわりを頼んだ。

「よし、そこで立ち上がって振り返る。いいな！」

川にかかる橋の上で、撮影が進んでいた。

「張り切ってるね」

と、エリカが言った。

涼子が虎ちゃんを昼寝させて、一緒に眠っているので、クロロックや千代子たちと散歩に出たのである。

「しかしな……」

と、クロロックはどこか不安そうで、

「私はあの川の流れが心配だな」

「本当だ。凄《すご》いね！」

と、みどりが目を丸くしている。

撮影している橋の下、ほんの一、二メートルまで、茶色い濁流《だくりゅう》が凄い勢いで流れていた。

「あ、エリカさん」

沼田みすずが、気付いてやって来た。

「はかどってますか？」

「ええ。でも、カメラさんが大変。下の流れが画面に入らないようにしないと。怖いぐらいですものね」

するとと、クロロックが、

「この後の撮影はどこで？」

と訊いた。

「さあ……。ずいぶん遅れてるんで、どうなるか。でも、橋での撮影はあと少しです。後は山の中に移動するんだと思いますけど」

と、みすずが言った。

「山の中か……」

「あ、呼んでるみたい。失礼します」

みすずが橋へと急ぐ。

「お父さん、どうかしたの？」

エリカは、クロロックが何か深刻に考え込んでいる様子なのが気になっていた。

「川の流れは、こうして目に見えているがな」

と、クロロックは腕組みをして、

「地面の中にも、流れはある。目に見えんだけに、余計に危険かもしれん」

「それって……」

「まあ、様子を見よう」

クロロックは空を見上げて、

「少し青空が出て来たようだな」

確かに、重く垂れこめた雨雲が少し切れて、青空が覗《のぞ》き、やがて日が射して来た。

「よし、いいぞ！　昼は抜きだ！　このまま移動するぞ！」

監督の本多が怒鳴っている。

「――ね、エリカ、お土産《みやげ》見に行かない？　小さいけど、商店街があったよね」

と、千代子が言った。

「それ、賛成！　甘味の店もあった」

みどりの目ざといこと。

ロケ隊が、ほとんど駆け足で、カメラや機材を担《かつ》いで山の方へと向かって行った。

――駅までは、歩いても十分足らず。

エリカたち四人は、一応〈駅前商店街〉というパネルの掲《かか》げてある通りへやって来た。

「ひどい雨だったから、お店がまだ掃除《そうじ》してるよ」

と、エリカが言った。

土産物の店が何軒か並んでいるが、どこも店の人が歩道にたまった水を掃《は》き出していた。

駅のアナウンスが聞こえて来た。

「お待たせいたしました。大雨のため遅れておりました列車がホームに入って参ります。ご注意下さい……」

駅へゆっくりと入って来る列車が見えた。ここは終点になっているので、折り返すのだろう。

列車が停まって、扉がガラガラと開いた。

✠遠い記憶

やっと着いたのか……。

ウトウトしていた男は、列車が停止したときのひと揺れで目を覚ました。

「──到着が遅れまして、大変申し訳ございません」

と、アナウンスが聞こえている。

「一向に構わないぜ」

と、別に自分が言われたわけでもないのだが、立ち上がってコートを手に取ると、広士《ひろし》は呟《つぶや》いた。

ホームに出ると、ひんやりと湿った空気が頰《ほお》に触れる。大雨だったというから、まだ湿気が多いのだろう。

コートをはおって、改札口へと向かう。

他に数人の客がいたが、ほとんどはこの辺りの住人たちだろう。

広士はピタリと足を止めた。

改札口の所に、警官が立っていたのだ。

しかし、何か警戒しているわけではないようで、改札口に立っている駅員と、おしゃべりしている。

そうだ。――まだ早過ぎる。

こんなに早く手配が回るわけがない。それに、俺がこんな駅にやって来ることなど、誰も考えないだろう。

広士は平然と切符を渡して改札口を出た。

「ああ……」

駅前の風景を見渡して、広士は、

「ちっとも変わってないな……」

と呟くように言った。

もちろん、それは正確ではない。以前酒屋だった店はコンビニになっていたし、〈食堂〉と消えかかった文字の看板を出していた店は、ハンバーガーチェーンになっていた。

しかし、そういう違いはあるにせよ、全体から受ける印象はあまり変わらなかったのである……。

「そういえば、腹がへったな」

広士はハンバーガーの店に入って、ビッグサイズのチーズバーガーを注文した。

紙コップのコーヒーを飲みながら、ハンバーガーができてくるのを待っていると、バタバタと駆け込んで来たジャンパー姿の若い男が、

「ロケ隊です！　できてます？」

と、息を弾ませながら訊いた。

「あ、ハンバーガーのビッグ、二十個ですね。できてますよ」

「じゃこれで。――領収証下さい」

ロケ隊？　何かの撮影か？

広士は、自分の分ができてくると、トレイにのせて、小さなテーブル席に持って行った。

「ウェットティッシュだ」

自分で取らなければならない。カウンターへ取りに行くと、店員がロケ隊の使いに、

「ね、大田《おおた》さとみが来てるんですって？」

と訊いていた。

「ええ。主役ですよ」

「いいなあ。一度、ここにも食べに来ませんかね」

「どうかな。——何しろ大雨で遅れてるんでね、スケジュール。のんびり食べに来るような時間、ないんじゃないかな」

と、お使いは大きな紙袋をさげて、走って店から出て行った。

広士はそれを見送って、

「まさか……」

と呟《つぶや》いた。

「本当にここでロケを？」

そんなことがあるだろうか？　しかし、今の話では明らかに……。

広士は急いでハンバーガーを食べてしまうと、トレイを返却口に戻して、

「ちょっと」

と、店員に声をかけた。

「今のロケ隊って、どこの旅館に泊まっているか、知ってます?」

「え? ああ、この通りの一番奥のホテルだよ。〈R荘〉って、新しくてきれいだから、すぐ分かる」

「どうもありがとう」

広士はその通りを少し足早に辿《たど》って行った……。


マンションの受付に座っているのは、もう七十を過ぎている——いやたぶん八十に近いだろうという老人で、それもたいていは居眠りしている。

ユカリは、思い切り元気よく、

「こんちは!」

と、声をかけた。

「え？　ああ……」

目をさまして、その老人は、

「あんた……」

「私よ、ユカリ！　憶えてるでしょ？　いつも広士と一緒の。おじさん、私のこと、『可愛《かわい》いね』って言ってくれたじゃない」

「うん……。そうだった……かな」

大体よく目が見えていない。

「ね、広士から、『俺は出かけてるけど、先に中に入って待っててくれ』って言われてるの。私、先にお風呂に入ることにしてんのよ。広士と愛し合うときは」

「そうかね……」

老人はポカンとして、あたかも宇宙人でも眺めるようにユカリを見ていた。

「でも、私、鍵《かぎ》持ってないから、そう言ったら、広士がおじさんに開けてもらえって。私のことよく知ってるから大丈夫だって言われたの。ね、いいでしょ？　鍵、開けてちょうだい」

「ああ……。そういうことなら……」

マンションの受付に座っていて、勝手に部屋の鍵を開けてしまうなどとは、むろんとんでもないことだが、半分居眠りから覚めていないので、フラフラと、鍵束を手に出て来て、

「どこの部屋かね」

「〈602〉よ。――そう、それ。じゃ、ちょっと借りてくわね。帰りにちゃんと返すから」

「まあ……それなら……」

「ありがと！　大好きよ！」

と言うと、〈602〉と札の付いた鍵を取って、ユカリは老人の頰《ほ》っぺたにチュッとキスした。

老人が真っ赤になって立ちすくんでいるのを尻目に、ユカリはさっさとエレベーターで六階へと向かった。

「ごまかそうったって、そうはいかないんだから」

と、エレベーターの中で、ユカリは呟いた。

浜田《はまだ》ユカリは、大田広士の「恋人」と自認している。しかし、このところ、広士の様子がおかしい。

そして確かな噂《うわさ》がユカリの耳に入って来ていた。

広士が、年上の女といい仲になっている、というのだ。

「冗談じゃない！」

と、ユカリは怒った。

「そんなおばさんなんかに広士を取られてたまるか！」

そして、広士が「旅行で何日かいなくなる」と連絡して来たので、留守の間に広士のマンションに入って、その女のことを調べてやろうと……。

〈602〉のドアの前に立って、ユカリはちょっと深呼吸した。

もしかしたら、その女が一人で部屋にいるかもしれない。そうしたら、対決だ！

カチャリと鍵が回った。

ドアを開けて、ドキリとする。玄関に、女物の靴《くつ》があったのだ。

やっぱり！　女はきっと中にいるんだ。

「――ちょっと！」

と、ユカリは上がり込んで、声を出した。

「誰かいるんでしょ！　出て来なさいよ！」

もちろん、ユカリは何度かここに泊まったことがある。モデルをしているユカリは、フリーの編集者だという広士と、ある雑誌のグラビアの撮影で出会ったのだった。

あまり売れているとは言いかねるモデルだが、当人は「アイドルスターになってもおかしくない」という自信がある。

「誰もいないの？」

リビングを覗《のぞ》いて、ユカリはちょっと拍子抜けして、同時にホッとしてもいた。年上の女と正面切ってケンカするという経験もなかったから、少々ドキドキしてもいたのである。

靴があるのに、どこへ行ったんだろう？

まあ――サンダルばきで買い物にでも行ってるのか。

もちろん、ベッドルームも覗いたが、寝た形跡はない。

「何だ……」

と、肩をすくめたが――。

お風呂場から、水の落ちている音がしているのに気が付いた。ちゃんと栓《せん》を閉めてない？

ユカリは、お風呂場のドアを開けると、手探りで明かりのスイッチを押した。

――ユカリが腰を抜かして、真っ青になってお風呂場から這《は》い出して来るまで、十分近くかかった……。

そして、エレベーターで一階へ下り、受付に達するまで、さらに十五分かかった。

「おじさん……」

ユカリの声は震えていた。

「警察に……電話して！」

しかし、あの後、またウトウトしていた受付の老人は、ポカンとして、

「――どこへ電話するって？」

「警察よ！　一一〇番よ！　早くかけて！」

と、ユカリはかすれた声で叫んだ。

「一一〇番？　泥棒でも入ったかね？」

「人が――女が死んでる！」

「死んでる？　そりゃ困ったな。救急車を呼んだ方がいいかな？」

「もう死んでるの！　殺されてるのよ！」

と、ユカリは叫んだ。

「そいつは……。しかし、わしの一存じゃ決められんでね。今、管理会社の人に電話してみるよ。見に来てもらって、その人に任せれば――」

「早く一一〇番しろ！」

ユカリは全身で声を振り絞《しぼ》った。

「すぐ一一〇番しないとしめ殺すわよ！」

ユカリの剣幕に、老人はやっと手もとの電話へ手を伸ばしたのだった……。

✠ 予感

「空気がしっとりしてて、涼しいね、お父さん」

と、山の中の道をぶらつきながら、エリカは言ったが、気が付くとクロロックが隣にいない。

「──あれ？　──お父さん、何してるの？」

エリカは目を丸くした。

クロロックが道に伏せて、耳を地面に当てているのだ。

「百円玉でも落としたの？」

「そうではない」

クロロックは立ち上がると、ハンカチでマントやズボンの汚れを拭いて、

「地中の水の流れを聞いていたのだ」

「地中の？　それって、地下水ってこと？」

「それもあるが、あれだけの雨が降ったのだ。地中にしみ込んだ量も相当だろう。それが土砂崩れなど起こさんといいと思ってな」

「怖いこと言わないでよ！　もし本当に……」

「今のところは大丈夫そうだ。大部分は川へ流れ込んでいるのだろう。だが、川もあんまり流れる量が増えると危険なことになる」

少し先の方へ行っていた、千代子《ちよこ》とみどりが戻って来て、

「今、この上の方でロケしてる。これから町の方まで下りるらしいよ」

「上ったり下ったり、大変だな」

今のところ雨が降りそうな気配はなく、少し青空も覗《のぞ》いている。

「さて、我々も戻るか」

と、クロロックは言った。

――エリカたちはもう一度土産物屋《みやげものや》に戻って、さっき下見しておいた土産物を買った。

「涼子《りようこ》がご近所に配ると言っとるからな」

と、クロロックは同じお団子を何箱も買って、両手に下げている。

「そんなに買ったの？」

「足りなくなるより、余った方がいい」

「そりゃそうだね」

見れば、ロケ隊が土産物屋の並ぶ辺りを手持ちカメラで撮っている。

スター・大田《おおた》さとみが、その一軒から袋を下げて出て来る。

「よし、こっちへ向かって歩いて来る」

と、監督がさとみに声をかける。

「そうだ。その表情。——いいぞ」

大田さとみは、周囲へ目をやりながら歩いていたが、

「アッ」

と、短く声を上げて、よろけた。

「おい、さとみ！　大丈夫か？」

と、本多《ほんだ》が言った。

「ごめんなさい!」

と、さとみは首を振って、

「ちょっと顔のところに虫が飛んで来たの。それでびっくりして……。もう一度撮る?」

「いや、その必要はない。声を上げる前までで充分だよ。——おい! 次は駅前でのカットだ! 機材を運べ!」

見れば、朝のダイニングで、さとみと同席していた堺亮介《さかいりょうすけ》も、スタッフと一緒になって、せっせとライトなどを担《かつ》いで行く。

「監督、私、ちょっと甘いものを食べたいの。疲れてるのかしら」

「ああ、いいとも。向こうで仕度《したく》にかかるからな。二十分ぐらいはある」

「じゃ、そこのアンミツ屋さんに入ってるわ。呼びに来て」

「分かった。誰かつけるか?」

「いえ、一人になりたいの」

そう言って、さとみは甘味喫茶《かんみきっさ》へ入って行った。

「声を上げたのは、虫のせいじゃなかったね」

と、エリカは言った。

「うむ。気が付いたか。見物人の誰かを見てびっくりしたのだ」

「そこの甘味喫茶、ちょうどみどりが一人で入ってったわ」

「では、我々も付き合うか」

店に入って行くと、

「あ、エリカも来たの！」

と、みどりが嬉しそうに手を振った。

一番奥の、仕切りのある席に、大田さとみは入っていた。——一人ではない。

「びっくりしたわ」

と、さとみが言った。

小声で話してはいるが、やはり女優の声はよく通るのでエリカにも聞こえる。

「——よく私がここにいるって分かったわね」

「知ってて来たんじゃないよ」

と、若い男の声。

「じゃあ、偶然に？」

「姉さんのスケジュールなんか分かるわけないだろ」

あの口のきき方は、どうやら実の弟だろう。

「来てみたかったんだ、この町に」

「そうね……。広士《ひろし》はここで子供時代を過ごしたんだものね」

「姉さんは途中で耐えられなくて逃げ出した。──僕を置いて」

「仕方なかったのよ。ともかく、三才のあんたを連れてたら、目立って、遠くへ逃げられない」

「分かってるよ。今はね。あのころは姉さんを恨んだけど」

「いつか、ちゃんと謝ろうと思ってた。ここではのんびりできるの？」

「そのつもりだよ」

「じゃあ、私の泊まってる〈R荘〉に泊まればいいわ。まだ何日かはいると思うわ」

「それはいいけど……金を持ってない」

「それぐらい、何とかするわよ。あら、私、お財布持ってなかった」

「え？」

「だって撮影中だもの。それに、ケータイも間違って鳴り出すと大変だから置いて来ちゃったわ」

するとクロロックが立ち上がって、

「よろしければ、ここは私におごらせていただきたい」

と、大田さとみに言ったのである。

「まあ、そんな。申し訳ないですわ」

「いやいや。同じホテルに泊まっておりますし、高名なスターにお目にかかれるだけで充分です。ここはお任せを」

どう見ても年上のクロロックの申し出に、さとみはニッコリ微笑《ほほえ》んで、

「それでは、お言葉に甘えて」

と言った。

クロロックが、さとみたちのテーブルの伝票を取って席に戻ると、さとみは、

「じゃ、あんたはホテルに行って、ロビーで待ってて」

と、広士に言って、席を立った。

姉と弟が店を出て行くと、

「偶然ここで会ったって、どうなんだろ」

と、エリカが言った。

「色々複雑な過去を抱えているようだな」

と、クロロックは肯《うなず》いて、

「しかし、むしろあの弟の様子が気になったな」

「どういうこと?」

「こんな温泉町に来て、金を持っていないというのは不自然だと思わんか?」

「まあね。しかも、お姉さんがいると思ってなかったわけだものね」

「今夜、どこで過ごすつもりだったのかな」

「ホームレスには寒いですよね」

と、千代子が言った。

「つまり……死のうとして、ここへ来たってこと?」

と、エリカが言った。

「そうだとは言わんが、もしそうでもふしぎではない」

「死のうとするなら、それなりの理由があるよね」

「うむ……。エリカ、あの広士という男のことを、よく見ておけ。私は、妻と子の面倒を見るので手一杯だ」

「私だって、探偵やりに来たんじゃないよ」

と、エリカはふくれっつらになった……。


夕方、再び雨が降り出した。

「畜生《ちくしょう》! 俺に何の恨みがあるんだ!」

と、怒っているのは監督の本多だった。

「——でも、今日頑張って、ロケで撮るシーンの三分の二ぐらいは撮ってしまいましたから」

と言ったのは、沼田《ぬまた》みすずだった。

夕食は、各自かなり時間がまちまちで、一緒に食べるわけにいかなかったので、みすずは、たまたまダイニングへ同時に入ることになったので、クロロック一行のテーブルに加わったのである。

監督の本多は、スタッフたちで同じテーブルを囲んでいる。

「――かのスターが姿を見せんな」

と、クロロックが言った。

「さとみさんですか？　そうですね」

と、みすずは言って、

「さっき、『疲れたから部屋で食べるわ』っておっしゃってましたけど」

「あなた」

涼子が怖い目でクロロックをジロッと見ると、

「そんなに、さとみさんとやらに会いたければ、彼女の部屋に行って、一緒に食べたらいいじゃないの」

と、凄《すご》みのある声で言った。

「とんでもない！」

と、クロロックはオーバーに目をむいて、

「私が可愛《かわい》い妻以外の女と食事をしたいなどと思うものか！」

「そう？　それならいいけど」

聞いていたみすずが必死に笑いをこらえている。むろん、エリカたちにとっては、見慣れた光景だ。

「──殺人事件だって」

スマホでニュースを見ていたみどりが言った。

「殺されたのは四十五才。──二十九才の恋人を指名手配か。やっぱり年令《とし》が違い過ぎたのかな……」

みどりは、そのニュースをちゃんと読んでいなかった。タイトルが、その男女の年令を強調していたからだ。

本文中の名前を見れば気が付いたか──。みどりは気付かなかったかもしれない。

殺された四十五才の女性は戸畑《とばた》真里《まり》といったが、犯人として手配されていたのは、大田広士という名前だったのである。

✠ 姉と弟

「ああ、いい気持ちだった！」

浴衣《ゆかた》姿で部屋へ戻って来た広士《ひろし》は、さっぱりした顔で言った。

「温泉なんて何年ぶりだろう！　──姉さんも入って来たら？」

広士は濡れたタオルを掛けて、

「お腹がペコペコだよ。待っててくれたの？」

運ばせた二人分のディナーが、広士を待っていた。

「食べなさい」

と、大田《おおた》さとみは言った。

「食べられたら、私の分も食べていいわよ。私、あんまり食欲がないの」

「姉さんこそ食べないと。一日中、ずっと撮影だったんでしょ」

言うより早く、広士はフォークを手に、オードヴルの皿を二口三口で空《から》にしてしまった。

「よほどお腹が空いてたのね」

と、さとみは微笑《ほほえ》んで、

「私はサラダとスープだけで充分。ステーキはあんたが食べなさい」

と言った。

「じゃ、遠慮《えんりょ》なく」

全く、遠慮することなく、広士は二人分のステーキをペロリと平らげてしまった。

「やあ！　あと二、三枚は入るぞ」

と言って、広士は自分でビールをグラスに注いで飲んだ。

「ビールがあるのも忘れてたよ」

と、息をつく。

「姉さんもどう？」

「そうね」

さとみはグラスを手にすると、自分で半分ほど注いで一気に飲んだ。

「――外はまた雨だね」

「そうね。明日は撮れるかどうか……」

と言ってから、さとみは、

「雨の方があんたには都合がいいんじゃない?」

と訊いた。

「――何のこと?」

「どこへ逃げるにしても」

広士の顔がこわばった。

「姉さん……」

「もう死体は見付かって、あんたが指名手配されてるわよ」

さとみはスマホにニュースを出して、弟へと差し出した。広士は受け取って読むと、

「こんなに早く……」

と呟《つぶや》いた。

「どうしてこんなに早く見付かったんだ」

「広士――」

「姉さん、待って」

と、広士は遮《さえぎ》った。

「確かに、女を殺した。戸畑真里《とばたまり》っていって、まあ――関係があったのも本当さ。でも、あいつは危ない商売に手を染めてて、僕を利用してたんだ。初めの内、気軽に彼女の頼みを聞いてたけど、その内おかしいと思うようになった。あいつは『もう今さら抜けられないわよ』って笑った。――僕はその女を、というより、簡単に騙《だま》されてた自分にカッとなったんだ」

「でも、殺したことに違いないのね」

「うん。風呂場で首を絞《し》めた……」

さとみがちょっと目を閉じて、

「あんたを放って逃げてしまった罪を償《つぐな》うときが来たのね」

と言った。

「姉さんには迷惑かけないよ。明日朝早くここを出る」

「どこへ行くの？」

「それは……運任せさ」

「死ぬつもりだね、あんた」

と、さとみは弟を真っ直ぐ見て言った。

広士は目を伏せて、

「仕方ないんだ。金もないし、逃げるあてもない。それに……」

と、大きく息をつくと、

「もう疲れたんだよ、俺」

「広士……」

「姉さんは偉いよ。そうやって成功してさ。だけど、俺なんかどうあがいたって、チンピラにしかなれない」

「何を言ってるの！　あんた、まだ二十九でしょ。その若さで『疲れた』じゃないでしょう」

「だって、いくら若いったって、人を殺してんだぜ。生きのびたって、刑務所が待ってるだけだ」

「それだっていいじゃないの。出て来てからやり直せる」

「いいや、もう決めたんだ、俺」

と、広士は首を振った。

「まさか、ここで姉さんに会うとは思わなかったけどさ、考えたんだよ。姉さんのこと。弟が殺人犯じゃ、姉さんだって立場上まずいだろ？　でもさ、俺が自殺すれば。――ね？　みんな、『大田さとみは悪い弟を持ったけど、まあ自分で始末をつけたんだから、許してやるか』って。日本はそういう風になるじゃないか」

その瞬間、さとみの手が飛んだ。広士の頰《ほお》を勢いよく打って、

「自分の人気の方があんたの命より大切だって？　私がそんなこと考えてると思ってるの？」

と、激しい口調で言った。

「姉さん……」

「私は女優としてやっていけなくなったって構わない。あんたがちゃんと立ち直ってくれたら、その方が、どれだけ嬉しいか」

すると——。

「失礼だが」

と、戸が開いて、顔を出したのは、

「クロロックさん。どうして——」

「私は少々他の人間より耳がよく聞こえるのでな」

と、クロロックは言った。

「たまたま、あんたたちの話を聞いておった」

「他の人に言わないで下さい！　お願いします」

「言わなくとも、もうＴＶでは、弟さんの写真が映っている。誰かが気付くのは時間の問題だ」

「姉さん、俺、行くよ」

と、広士が立ち上がる。

「いや、今は出ん方がいい」

「クロロックさん……」

「外の雨は、まともではない」

と、クロロックは窓の方へ目をやって、

「おそらく川は氾濫《はんらん》し、橋が流されていよう」

「そんなことが……」

そのとき、館内放送が流れた。

「お客様に申し上げます。ただいま市役所より水害注意報が出されました」

「まあ」

「ですが、当ホテルは高台で、安全でございます。安心してお過ごし下さい」

「ホテルとしては、客を安心させたいのだろう。当然のことだ」

と、クロロックは言って、

「エリカ」

と呼んだ。

「お父さん」

「避難する準備をしておけ」

「分かった。涼子《りようこ》さんと虎《とら》ちゃんは――」

「その二人は私が引き受ける。しかし、他の客が大勢いる」

「逃げるのですか?」

と、さとみがびっくりして、

「今、放送で大丈夫だと――」

「川がここまで溢《あふ》れてくることはないだろう」

と、クロロックは言った。

「しかし、心配なのは反対側だ」

「というと……」

「ここは山の中腹にある。川からはずっと高いが、背後の山がもし崩れたら、このホテルはひとたまりもあるまい」

「まさか」

と、広士が唖然《あぜん》として、

「そんな危険があるのなら、何か言うでしょう」

「人間とはふしぎなものでな」

と、クロロックは首を振って、

「起こってほしくないことを、起こらないと自分に信じ込ませてしまうのだ」

「おっしゃることは分かります」

と、さとみが言った。

「ただ、問題はこの大雨の中、どこへ避難するかだな」

さすがに、クロロックも山が崩れてくるのを止めることはできない。ホテルの泊まり客全部と従業員で、どれくらいの人数になるか。

そのときだった。

ゴーッという地鳴りの音がして、足下がグラグラと揺れた。

「これはいかん！」

と、クロロックが言うと、窓へと駆け寄り、カーテンを思い切り開けた。

「土砂が流れて来ておる」

「真っ暗で、何も見えないけど……」

と、広士が言った。

クロロックが、窓を開けると、片手を前へ突き出した。青白い火の玉が闇の中へ飛んで行って、一瞬目の前を照らした。

「お父さん……」

エリカが息を呑《の》んだ。

大きな岩がいくつも転がり落ちて来て、ホテルまで数十メートルの所で止まっていた。

「一旦、あそこで止まったのだな」

と、クロロックは振り返ると、

「ホテルの支配人を呼べ！」

と怒鳴った。

✠ 時間との競争

「そうおっしゃられても……」

ホテルの小太りな支配人は、ただオロオロするばかりだった。

「見ただろう？　あの大きな岩が何十、何百と押し寄せて来るんだ。こんなホテルなど、一瞬でバラバラになる」

と、クロロックは言った。

「しかし……私としましては、お客様の安全を第一に――」

「だからそう言っとるじゃないか！　一刻も早く避難しないと全滅だぞ」

「そういう重大な決断は、やはり社長の許可をいただきませんと。私はただの社員ですから」

「その社長は?」

「社長は今上海《シャンハイ》へ行っておりまして……」

クロロックはため息をつくと、

「いいかね? 私の目をしっかり見て話すのだ」

「はあ……」

支配人の体がフラッと揺れる。クロロックの催眠術《さいみんじゅつ》にかかったのだ。

「あんたはここの支配人だ! すべての客の命を預かっておる」

「はい! さようです」

「すべてはあんたにかかっているのだ。勇気を出して、決断し、客たちを導くのが任務だ。あんたならできる!」

支配人は頰《ほお》を紅潮させて、

「かしこまりました。小生《しょうせい》、一命をなげうって、お客様を救ってごらんに入れます!」

と言い切った。

「よし。ホテルの車があるな? 客の車と合わせて、全部の客を乗せて、一刻も早くここを出るのだ。急げ！」

「ただちに非常ベルを鳴らし、避難するよう放送いたします！」

支配人が駆け出して行く。

見ていたさとみと広士《ひろし》がびっくりして、

「何だか、急に人が変わったみたいでしたね」

「あんたたちもすぐ避難だ。ロケ隊の全員に、荷物などは全部置いて逃げろと言え」

「じゃ、ともかく監督の本多《ほんだ》さんに話して来ます」

さとみは部屋を飛び出して行った。

「――お父さん」

エリカが戻って来て、

「涼子《りょうこ》さんと虎《とら》ちゃん、千代子《ちよこ》とみどりはもう玄関前のロビーに」

「よし、うちの車は千代子君に運転してもらって、ホテルから出ろ。私とお前は残って客を避難させねばならん」

「分かった」

たとえ逃げ遅れたとしても、エリカも父の血を受け継いだ者として、人間を助けなければならない。

そのとき、館内にあの支配人の張り切った声が響き渡った。

「申し上げます！　すべてのお客様は、ただちに当ホテルより避難して下さい！　土砂崩れの危険が迫っております！　命の惜しい方は、荷物など投げ捨てて、即刻ホテル玄関へお集まり下さい！」

それを聞いていたクロロック、

「うむ。なかなかよくやっとる」

と肯《うなず》いた。

支配人は続けて、

「もし、この指示に従わない場合は、どんな目にあっても自分の責任です！　分かったか！　分かったら、早くしろ！　風呂に入ってる奴は裸でもいい！」

「ちょっとやり過ぎだの」

と、クロロックは首を振って、エリカを促すと、廊下《ろうか》へ出て行った。

「待って下さい」

と、広士が追って来ると、

「僕にも何かやらせて下さい。何か人の役に立つことをやりたい」

「うむ。では一緒に来い」

三人が玄関前のロビーに着くと、面食らった様子の客たちが何人か集まっていた。

「――これで全部か?」

と、クロロックが訊くと、仲居頭《なかいがしら》の女性が、

「いえ、半分くらいです」

と答えた。

「耳の遠いお客様もおられるので」

「どの部屋に客が残っているか分かるか?」

「はい。私と、古くからいる仲居で、大体は分かります」

「広士君、一緒に行って、残っている客を連れ出してくれ」

「分かりました!」

「支配人は、ホテルの車を用意しろ。他に車で来ている客には、車のない客を乗せてもらえ」

「承知しました！」

支配人が、車のある客を集めて、車のキーを取って来るように言った。何人かは持って来ているので、すぐホテルの玄関前に着けるように指示する。

「――いいか」

と、クロロックはロビーに響く声で言った。

「一刻を争う。いつ山が崩れて来てもおかしくないのだ。外へ出れば、大雨でずぶ濡れになるが、風邪《かぜ》を引くぐらいは辛抱《しんぼう》しろ。――お互い、愛する者を助けるために、精一杯のことをするのだ」

客たちの間に、これはただごとではない、という緊張感が走った。

「では私は車を」

と、キーを持った何人かが駆け出して行った。

そこへ、

「クロロックさん！」

と、大田《おおた》さとみが息を弾ませてやって来た。

「だめなんです！　みんな酔っ払ってて」

「なに？　酔っ払っている場合ではないぞ」

「そう言ったんですけど、聞こうともしてくれなくて。クロロックさん、お願いです。説得して下さい」

「やれやれ」

ともかく時間がない！

クロロックは、さとみについて廊下を駆けて行った。

「大広間で宴会をしていたようで……」

と、さとみが言った。

クロロックはその広間を見渡して唖然とした。

ロケ隊のほぼ全員が、酔いつぶれて寝てしまっているのだ。

「監督！」

と、さとみが、奥の正面にあぐらをかいて座っている本多の方へ駆け寄ったが、

「起きて下さい！」

と、さとみが肩をつかんで揺さぶると、本多の体は、ゆっくりと横へ倒れた。

「これはいかん」

クロロックも困ってしまった。

催眠術をかけようにも、相手が眠ってしまっていては……。

しかもこの人数では、一人ずつ運び出していては時間がかかり過ぎる。

「どうしましょう？」

と、さとみが言った。

そのとき、

「どうなってるんです？」

と、声がして、見れば、あの堺《さかい》が浴衣《ゆかた》の前をはだけて、フラフラとやって来た。

「堺さん、どうしたの、その格好？」

「いや……みんなから『お前が雨男なんだ』と責められまして、雨が止むまで裸踊りをや

れと……」

「無茶ね！」

「大体、誰も見とらんぞ」

と、クロロックが言って、

「みんなを叩き起こす。手を貸せ」

「でも、どうやって……」

クロロックは天井を見上げて、

「スプリンクラーは付いとるな」

と言うと、さとみへ、

「少し退がっておれ」

と、指示してから、天井の熱感知機の方へ手を伸ばし、てのひらを向けた。

クロロックの放つエネルギーが感知機を作動させた。スプリンクラーから一斉に水がまき散らされる。

酔って寝ていた面々も、いきなり冷たい水を浴びせられて、

「ワーッ！」

と、飛び上がった。

「どうなってるんだ！」

「ここはシャワールームか？」

と、頭を振って、本多がフラつきながら立ち上がった。

「監督！」

さとみが駆け寄って、自分もびしょ濡れになりながら、

「土砂崩れが起きそうなんです！　急いで逃げないと！」

と、本多の腕を引っ張った。

「土砂崩れだと？　そんなシーンがあったか？」

「映画の話じゃありません！　本当のことなんですよ！」

やっと酔いがさめた様子の本多は、

「うん、そうか……。しかし、この格好ではな。――着替えるから待っててくれ」

「命が大切です！　そのまま、みんな玄関へ！」

よくしたもので、監督にはみんな文句も言わずについて来る。

玄関では、支配人とエリカが次々に客を車に乗せて、避難させていた。

「――姉さん！」

広士が老婦人をおぶってやって来た。

「その方をホテルのマイクロバスに乗せて」

と、さとみは言った。

ロケ隊が、自分たちのロケバスに乗り込む。

そのとき、ドド……という地響きがして、ホテルの一部が壊れた。

「早く逃げんと」

と、クロロックは言った。

「あんたたちもバスに乗れ」

「はい。でも――みすずちゃんは？」

と、さとみがハッとして、

「沼田《ぬまた》みすずちゃんがいない！」

「──しまった！」

と、堺が青くなって、

「監督が──自分の部屋に、みすずちゃんを連れて行って……」

「何ですって？」

「宴会が始まってすぐです。僕は──止めたかったんだけど、監督を怒らせると……」

「じゃ、みすずちゃんは……」

「いやがってましたけど、逆らうわけにも」

「何てことを！」

さとみが怒りに声を震わせて、

「川へ叩き込んでやる！」

話を聞いていたエリカが、

「監督の部屋って、どこですか？」

「エリカ──」

「女の私が行った方が」

「うん、そうか。急げよ」

「案内します！」

と、堺が先に立って駆け出すと、エリカが続いた。

「——間に合うでしょうか」

と、さとみが言った。

「どうかな。あんたはロケバスに乗って、先に行け。まだホテルの車がある」

「でも、私——」

と言いかけると、さとみはロケバスへと走って行ったが——。

「——おい！　何するんだ！」

さとみが、何と本多をロケバスから引きずり下ろして来たのだ。

「どうしたって言うんだ！」

「自分の胸に訊きなさいよ！」

と、さとみは本多の胸ぐらをつかんで、

「みすずちゃんに何したの！」

「それは……」

　本多は目をそらして、

「成り行きだ。お互い、その気になって――」

「分かった！　悪かった！　しかし――おい、ロケバスが出る！」

　本多が追いかけようとするのを、さとみは引き戻して、

「あなたは、みすずちゃんが来るまで待ってるの！　私も一緒にいるわ」

「そんな……」

　本多がその場にしゃがみ込んでしまった。

「――姉さん」

　広士が表から戻って来ると、

「もうみんな避難したよ。姉さんも早く！」

「行くのだ」

　と、クロロックは促した。

「私とエリカは人間を救わねばならん。あんたたちは先に行け」

「でも――」

「それなら、僕が残る」

と、広士が言った。

「広士……」

「罪の償《つぐな》いだ。これでどうなっても、構わない」

そこへ、エリカが沼田みすずを背負って駆けて来た。堺が息を切らしながら走ってくる。

「よし！　全員脱出するぞ！」

と、クロロックが言った。

「むだに命を捨てるな！　急げ！」

一台残っていたホテルの車の前で、支配人が雨に打たれて立っていた。

クロロックたちが駆けて行くと、支配人は、

「いらっしゃいませ」

と一礼してドアを開けた。

「ちょっと催眠術《さいみんじゅつ》、効き過ぎじゃない？」

と、エリカが言った。

クロロック以下、七人を乗せて、ホテル名の入った送迎用のマイクロバスは走り出した。

「幸い、雨は少し弱くなったな」

と、クロロックは窓の外へ目をやった。

運転していた支配人が、

「お客様、どちらへ参りますか？　この近くですと、美しい日本庭園などございますが
——」

「やり過ぎだ！」

と、クロロックが怒鳴った。

「ホテルから少しでも離れるのだ！　急げ！」

「かしこまりました！」

いきなりアクセルを踏み込んで、マイクロバスは猛スピードで走り出し、乗っていた全員が引っくり返りそうになった。

しかし――それが全員の命を救った。
坂道を下って、駅へ向かう道を突っ走ると、次の瞬間、地響きと共に、山が崩れて、あのホテルを一気に押し流したのである。

「私どもは、何よりもお客様の安全を第一に考えております」

と、支配人は記者会見の席で言った。

「支配人である私といたしましては、当然のことをしたまででございまして……」

――集まった大勢の記者やTVクルーの傍で、エリカは、

「あの人、まだ催眠術が効いてるんじゃない？」

と、クロロックに言った。

「うむ……。よほど効きやすい体質だったのだな」

しかし、あの嵐の中、客と従業員全員を無事に避難させたことで、支配人は今やマスコミで「英雄」扱いされていた。

初めは、ホテル一つ、丸ごと失ったオーナーも、損害の大きさを嘆《なげ》いていたが、一人の

死者も出さなかったことでホテルチェーンの評判も上がり、

「町の復興を目指して、この地に新たなホテルを建てます！」

と、宣言することになった。

もちろん、その新しいホテルは、あの支配人に任されるのである。

この騒ぎの中、大田さとみが弟の自首に付き添って行ったことは、あまりニュースにならなかった。


「——クロロックさん」

振り向くと、沼田みすずが立っていた。

「やあ、風邪《かぜ》をひかなかったか？」

「はい。人間、緊張してると大丈夫ですね」

と、みすずは言って、

「映画はたぶん製作中止でしょう。私、せっかく命を拾ったんで、一から演技の勉強をし直そうと思います」

「それはいいことだ。まだ先は長い」

「そうですね。本当にお世話になって……」

そこへ、

「おい、みすず！」

と、監督の本多がやって来た。

「撮影機材は保険がかけてあったから、何とか撮れそうだぞ。な、過ぎたことは水に流して、もっといい役をつけてやるから——」

みすずが平手で本多の頬をひっぱたいた。目を白黒させている本多へ、

「水に流すかどうかは私が決めることです！」

と言うと、みすずは大股《おおまた》に立ち去った。

「——いい決めゼリフだったな」

と、クロロックは感心したように言った。

「それより、お父さん」

「何だ？」

「お母さんが捜してたよ。早く行かないと——」

「そうだった！　愛《いと》しの虎ちゃん！」

クロロックはあわてて駆け出して行った……。

不屈の吸血鬼

✠ 山道

「こんなものは森ではない」

とは言うものの、

「故郷のトランシルヴァニアの森に比べれば、の話だがな」

と付け加えて、充分に日本の山中の道の散策を楽しんでいるのは、フォン・クロロック。

すでに日本に長く、若い妻涼子《りょうこ》との間には一子虎ノ介《とらのすけ》もいる、良きパパである。

そしてご承知のごとく、数百年の時を生きて来た、本家（?）吸血族の一人。

「でも、ちゃんと舗装《ほそう》してあって、歩きやすいのね。山道って雰囲気《ふんいき》じゃないけど」

と、クロロックと並んで歩いている、神代《かみしろ》エリカは言った。

クロロックの亡き日本人の先妻との間の娘である。今、大学生。

「まあ、便利になれば、その分、何かを我慢しなくてはならん。世の習いだ」

確かに、木の根につまずいたりする心配をせずに、今を盛りの紅葉を眺められるのはありがたいことだった。

さすがに山の朝の空気はひんやりと冷たい。

吸血鬼の身ながら、〈クロロック商会〉の雇われ社長をつとめるクロロック。出張の一泊旅行に、秘書代わりのエリカを伴《ともな》っている。

これは、エリカにとってはアルバイトだが、やきもちやきの涼子が、

「出張先で浮気なんかするんじゃないでしょうね！」

と、にらみをきかせる目的がある。

むろん、クロロックも恋女房のことはよく分かっているし、そんな「危ないまね」をするつもりはさらさらない。

エリカと二人、出張帰りに寄った温泉。

今日は東京へ戻るのだが、朝食前にこうして山道を散歩していた。

見渡す限りの山を埋め尽くす紅葉は美しく、のんびり歩きながら、

「そろそろ戻る?」

「そうだな。そうするか」

と、上って来た道を戻ろうとしたところへ、

「ハッ、ハッ……」

と、荒い呼吸が聞こえて、山道を上って来たのは、トレーニングウェアを着た若い娘だった。
十八、九という印象のその娘は、苦しげに喘《あえ》ぎながら走って来た。
朝のジョギングというレベルではない。

はっきり「走っている」。

荒い息づかいで、クロロックとエリカを追い越して行ったが——。

「トレーニングなんだね」

と、エリカは感心したように、

「あのスピードで山道を上って来るなんて」

「うむ、しかし——」

と、クロロックは何か気がかりな様子で、走って行く娘の後ろ姿を見ていた。

「どうかしたの？」

「あの娘の息づかいがな。――気になる雑音が聞こえた」

吸血族として、クロロックの耳は人間の何倍も鋭い。

すると、駆けて行った娘の足取りが、突然乱れた。

よろけると、道の片側――崖《がけ》になってずっと落ち込んでいる方へとフラフラと寄って行った。

「危ないよ」

と、エリカが言うより早く、クロロックが飛び出していた。

柵《さく》はあるが、腰ほどまでの高さ。その娘は柵に突き当たって、向こう側へ倒れ込んだ。そのまま行けば崖の下へ落ちてしまう。

「待て！」

マントをひるがえして、クロロックは駆けつけると、その娘の腕をつかんだ。そして柵の内側へと引き戻したのである。

「——危なかったね！」

エリカも駆けつけた。

娘はクロロックの腕の中でぐったりしている。

「——大丈夫？」

「気を失っておる」

と、クロロックは言って、娘を軽々と抱え上げ、

「ホテルへ運んで行こう。——おそらく同じホテルに泊まっていたと思う」

と言った。

「ああ、そうだね」

エリカもその娘の顔を覗《のぞ》き込むと、

「ロビーで見かけたと思うな。男の人と一緒だった。口のきき方で、父親じゃないな、って思った記憶がある」

「うむ。私も気が付いた。あれはおそらくコーチだろう、この娘の」

と、クロロックも肯《うなず》いて言った。

〈温泉旅館〉が〈スパホテル〉という名で、洒落《しやれ》た造りになっている。

玄関を入ると、ホテルの人間がびっくりして飛んで来る。

「ランニングしていて倒れた。救急車を呼んでくれ」

と、クロロックは娘をロビーのソファの上に下ろした。

娘が身動きして、目を開けると、

「私……どうしたの？」

と、呟《つぶや》くように言った。

「山道を上っていて、急に意識を失って倒れたのだ」

と、クロロックが言った。

「今、病院へ運んでもらう。静かに寝ていなさい」

「そんな……とんでもない！」

と、娘は言って起き上がろうとした。

「無理をしてはいかん」

そこへ、

「おい、どうしたんだ？」

と、声がして、浴衣《ゆかた》姿の男性がやって来た。

「あなたの連れの方ですね」

と、エリカが言った。

「山道で倒れて――」

「何だと？　おい、アンナ、何回上ったんだ？」

「三回目でした……」

アンナと呼ばれた娘は、目を伏せて、

「呼吸がうまくいかなくて……」

「そんなことで倒れてどうする！」

と、男は叱《しか》りつけるように言って、

「お手数をかけました。もう大丈夫です。こちらで」

と、クロロックに言った。

「しかし、一応医者に診《み》せた方がいいと思うがな」

と、クロロックは言ったが、

「大したことじゃありません。トレーニング中に気を失って倒れることなど、珍しくないんですよ」

男は、玉川克二《たまがわかつじ》と名のって、

「前々回のオリンピックのマラソン代表でしたから、ご存じでしょう」

知っていて当たり前と思っているようだ。

「この子は有沢《ありさわ》アンナといって、私がコーチをつとめている子です。まだ十九なので、精神面が弱い。一度や二度倒れたくらいで、トレーニングをやめていては、メダルは取れません。——よし、アンナ、朝食をとってから、もう一回だ」

「はい」

アンナは、クロロックたちへ、

「お世話になりました」

と、礼を言ってから、玉川というコーチについて行った。

「——無茶なことするんだね」

と、エリカは首を振って言った。

「まあ、当人が、これでいいと思っているなら、我々の口を出すことではないが」

と、クロロックは、ちょっと不安げに、

「むしろ、あのコーチの方が心配だ」

「玉川って人？　私、全然憶えてないけど」

「マラソン選手と言っておったな。後で調べてみてくれ」

「うん、分かった。——朝ご飯、食べてからね」

と、エリカはお腹が空いていることを思い出して言った。


お昼ごろの列車で帰ることにしていたので、エリカは朝食の後、温泉にもう一度浸ることにした。

大浴場は、他に二、三人の客しかいなくて、ゆったりと入れた。

熱めの湯に顎《あご》まで浸っていると、スルリと湯へ入って来たのは、さっきの有沢アンナだ。

「——あ、先ほどは」

と、エリカに気付いて、ちょっと恥ずかしそうに会釈《えしやく》した。

「大学生？　私もよ」

と、エリカは名のって、

「凄《すご》いわね。マラソンに出場するの？」

「ええ。それしか、私にはできないし……」

と、アンナは言って、

「クロロックさんっておっしゃったかしら？　とても変わった服装なさってるんですね。まるで――」

「吸血鬼みたい？」

「ええ、よく映画に出てくる……」

「東ヨーロッパの出身でね。向こうじゃあれが普通なのよ」

「じゃ、エリカさんは――」

「母は日本人なの。でも、どこの生まれでも、あんまり気にしないわ」

「いいですね。スポーツやってると、何かというと『日の丸を背負ってるんだぞ』って言われて……」

「そうね。でも本当はオリンピックって、国境を超えるものなんじゃない？　お国のため、っていうの、おかしいと思うけど」

と、エリカは言って、

「ごめんなさい。生意気なこと言って」

「いいえ。その通りだと思います、私も」

と、アンナは言った。

「でも、私たち選手を育てるために、国からや市からお金が出てますから。あの玉川コーチも、国の体育協会の幹部を狙ってるんです」

「へえ。――でも、あなたは走ることが好きなんでしょ？」

エリカの問いに、アンナは不意に眉《まゆ》をきつく寄せると、

「大嫌い！　走るのなんて、十メートルだっていやだ！」

と言ったのである。

そして、アンナはフッと笑うと、

「嫌いになっちゃうんですよ、あんまり練習ばっかりさせられると」

「分かるわ」

「でも——やめられないんです。ここまで来たら。私一人のことじゃ終わらないんですもの……」

と、アンナはため息と共に言った。

よほど複雑な事情を抱えているようだ、とエリカは思った。

「私は今日お昼の列車で帰るの。あなたは?」

「あと二日、ここにいます。山道を走って、走って……」

「アンナさん。うちの父は、とても耳がいいの。あなたの息づかいを聞いて、ちょっと気になることがあったみたい」

「へえ、凄いですね」

「一度、お医者さんに診てもらった方がいいと思う。余計なお世話かもしれないけど」

「いいえ。ありがとう。エリカさん——でしたっけ。私のことなんか、心配してくれて」

「まだ若いんだもの。あんまり無理しない方が。——ともかく、元気でね」

エリカは先に湯から上がって、出ようとした。

「エリカさん」

と、アンナが呼び止めて、

「東京で、また会えませんか？　できれば……」

「ええ、もちろん。父は〈クロロック商会〉って会社の社長なの。いつでもそこへ連絡して」

「はい。ありがとう」

と、アンナはなぜか深刻な表情で、

「相談したいことがあるんです」

と言った。

そして、ひとり言のように、

「生きている内に……」

と、付け加えたのだった。

✠ 駆け引き

「ね、エリカ！」

大学のキャンパスを歩いていたエリカは、親友・橋口《はしぐち》みどりに呼び止められた。

「どうしたの、みどり？」

「エリカのこと、捜してる子がいるよ」

「誰、それ？」

「名前は知らないけど、同じ年令くらいの女の子。かなり深刻そうだったよ」

「で、その子って、どこにいるの？」

「今は学食の辺りにいた。——ね、エリカ、また何か事件に巻き込まれてる？」

「面白がらないでよ」

と、エリカは、ちょっとみどりをにらんで、

「心当たりがないでもない」

あの山道での出会いから十日ほど。有沢《ありさわ》アンナが〈クロロック商会〉の父の所へ電話して来たと聞いていたのである。

エリカが急ぎ足で学食へと向かうと、みどりも楽しそうについて来た。

「――さっき、この辺にいたんだけど」

学食の入口辺りを見回して、みどりが言った。

すると、二十四、五かと見える大柄な男がやはり誰かを捜している様子で、廊下《ろうか》をやって来た。

そして、エリカを見ると、

「おい、お前!」

と、いきなり言った。

「――私?」

「他にいないだろ。この辺で、やせた女の子を見なかったか?」

「いきなり何なの？　大学にはやせた子も太った子もいるけど」

「それ、私への嫌味？」

と、太めのみどりがにらむ。

「こっちは人を捜してるんだ。お前らの相手なんかしてられない」

と、行ってしまう。

「変な奴！」

と、みどりがムッとしたように見送って、

「あいつの捜してる子って、もしかしたら……」

そこへ、

「エリカ、いたの！」

と、やって来たのは、もう一人の親友、大月千代子《おおつきちよこ》である。

「千代子、私に用？」

「うん。一緒に来て」

と、千代子が促した。

千代子は今使っていない教室の戸を開けると、

「エリカを連れて来たわよ」

と、声をかけた。

奥の方の机の下から立ち上がったのは、有沢アンナだった。

「――良かった！」

と、アンナは息をついて、

「ごめんなさい、エリカさん。突然やって来ちゃって」

「いいのよ。ね、あなたを捜してるらしい男の人がいたけど」

「会ったの？　私の見張り役なの。八田《はった》って男で、玉川《たまがわ》コーチの子分なのよ」

「見張り役って、どういうこと？」

「私が誰かにトレーニングのことで苦情を言ったりしないか、監視してるの」

「ひどいわね」

と、みどりが眉《まゆ》をひそめて、

「大体、あなたのやせ方、普通じゃない」

「マラソンランナーは、たいていこんな風じゃない？」

と、千代子が言った。

「それで、私に話が？」

と、エリカが訊いたとき、戸がガラッと開いて、さっきの男が立っていた。

「ここにいたのか！　おい、余計なことに口を挟まないでくれ」

と、八田は言って、

「さ、戻るんだ、アンナ」

と促した。

「待って下さい」

と、エリカは八田という男に向かって、

「アンナさんと話したいことがあるんです」

「話すことなんか、こいつにはない」

と、八田は言うと、

「おい、アンナ。いいのか、俺たちに逆らったりして」

明らかな「おどし」である。

しかし、アンナは青ざめて、

「行きます」

と言った。

「よし、ついて来い」

「ごめんなさい、エリカさん！」

早口にそう言うと、アンナは八田について行った。

「──どうなってるの？」

と、みどりが面食らっている。

「何かよほどの事情があるのね……」

エリカたちが表に出ると、アンナが車に乗り込むところだった。運転しているのは八田で、アンナは助手席に座った。

しかし、見ていると、車は停まったままで、中で二人が何か言い争っているのが分かった。

そして、アンナは車から降りると、校門に向かって小走りに駆けて行った。

すると、車がエンジン音をたてて走り出したのだ。真っ直ぐにアンナへ向かっている。

「危ない！」

エリカは駆け出した。

あのままでは、アンナをはねてしまう。

アンナが振り返る。そして車が追ってくるのを見て立ちすくんだ。

間に合わない！

そう思った瞬間、八田の運転する車はいきなり急カーブして横転した。ガラスが砕《くだ》ける。

「——凄い」

と、千代子が目を丸くして、

「どうなったの？」

「お父さんだ」

と、エリカは校門を入って来たクロロックを見てホッとした。

「——けがはないか？」

クロロックがアンナに声をかけた。

「ええ……車、どうしたんでしょう?」

「車が君にぶつかりたくなかったので、勝手にカーブしたのだな」

と、クロロックは言った。

「心配することはない。すぐ救急車が来る」

引っくり返った車から、八田が這《は》い出して来た。――アンナに文句をつける元気もないようで、

「誰か……助けてくれ……」

と、呻《うめ》くように言った。

もちろん、クロロックが「力」を送って、車がアンナにぶつかるのを防いだのである。

それにしても……。

「カッとなると、何をするか分からない人なんです」

と、アンナは言った。

「でも、あのままだったら、アンナの命にもかかわったよ」

と、エリカは言った。

「——有沢アンナさん」

と、看護師が呼んだ。

「はい」

アンナが立ち上がって、

「それじゃ……」

「うん、待ってるから」

救急車が、あの八田という男を運んで行くのを確かめてから、クロロックとエリカは、アンナを知り合いの医師のいる病院へと連れて来たのだった。

アンナは肺のCTを撮ってもらうことになった。

「——これって普通じゃないね」

と、エリカは言った。

「あの玉川というコーチが問題だな」

「それでね、玉川のこと、調べてみたんだけど——」

と、エリカが言いかけると、

「エリカさん！」

と、足早にやって来たのは、ジャンパー姿の若い女性で、

「どうしたの？　大学で車が……」

「それはまあ、大したことないの」

と、エリカは言って、

「お父さん、この人、大学の先輩で、箱崎多美子《はこざきたみこ》さん。前に文化祭の展示のことでお世話になったの。父のフォン・クロロック」

「お噂《うわさ》はかねがね」

と、箱崎多美子は言った。

「多美子さんは、元スポーツ新聞の記者だったの」

と、エリカは言った。

「元ですけど」

と、多美子はメモ帳を手にして、

「〈スポーツH〉をクビになりまして」

「ほう。それはまたどうして?」

と、クロロックが訊いた。

「私の書いた記事が、スポーツ連盟のお偉方を怒らせてしまいまして」

「でも多美子さんは、いつも選手のことを第一に考えて記事を書いてたのよ」

と、エリカが言った。

「それが気にさわったか」

「そうなんです。——ともかく世界レベルの選手を一人でも多く大会に送り込まないと、スポンサーが逃げてしまいますから」

と、多美子は言った。

「大会が近付くと、選手たちは過酷《かこく》なトレーニングを強《し》いられます。世界では、医学や科学の知識をもとにしたプランでトレーニングしていますが、日本は最終的には〈根性論〉なんです、今でも。もちろん、ドーピングとか、秘かにやってる国もありますが、トレーニングのやり過ぎで体を壊してたら、選手のためになりません」

「そういうことを書いてクビになったわけだな」

「それでも控え目に書いたんです。特に選手たちの本音の言葉を」

「それは大事なことだ」

「もちろん、誰が言ったか、絶対に明かさない約束をした上での取材でした。ところが、記事で組織への批判の声を載せたら、『誰が言ったのか教えろ』と上司に言われて。でも、言えるわけないじゃありませんか。拒《こば》んだら、翌日、もう席はありませんでした」

「多美子さん、今どうやって生活してるの?」

と、エリカが訊いた。

「そうね……。記事をフリーの立場で書いても、どこも載せてくれない。今はスナックやバーで働いてるわ」

「そんな……」

「アンナちゃんのことは、中学生のころから取材してきた。とても才能のある子よ」

「しかし、どうも無理をしているように思えるがな」

「最近は、取材もできませんし、近寄ることもできなくて、心配です。エリカさんから聞きました。山道で倒れたとか……」

「CTで何か分かれば……」

と、エリカは言って、

「多美子さん、玉川克二《かつじ》のことは知ってるの？」

「もちろん。一応オリンピック代表だったし……。でも、このところ、いい評判は聞こえてこないわね」

「ともかく、心配になったの」

エリカは、温泉で、アンナが走ることが「大嫌い」と言ったことを話して、

「苦しいだけのスポーツなんて、どこか間違ってると思う」

と付け加えた。

「あ、ごめんなさい」

多美子のケータイが鳴ったのだが、

「え？」

と、びっくりして、

「有沢圭子《けいこ》さんからだわ」

「アンナの――」

「お母さん。どうして私に……。もしもし？」

多美子は小声で言った。

「――いえ、そんなこと。――今、私がアンナちゃんと連絡なんか取れないこと、ご存じゃないですか」

それでも向こうはしつこく訊いて来たらしいが、多美子はあくまで知らないとくり返した。

「――以前、アンナちゃんが悩みごとをよく私に打ち明けていたのを思い出したんでしょう」

と、切ってから多美子が言った。

「今、先方の声も聞いておったがな」

と、クロロックは言った。

「母親の声の向こうに、男の声がしておっただろう」

「あ……。そうですね。私、TVでもついてるのかな、と思ってましたけど」

「聞き覚えのある声だった」

「お父さん――」

「そうだ。あれは玉川の声だったぞ」

クロロックの言葉に、多美子は目を丸くしていたが、

「じゃ、本当だったんだ」

と、呟《つぶや》くように言った。

「多美子さん、何が本当だったの？」

「噂だけは聞いてたけど。――有沢圭子さんって、大学時代はやっぱりランナーだったの。同じころ、玉川克二も目立ってきていて。圭子さんは結婚して、走るのをやめてしまったけど、大学生のころ、玉川と付き合っていたって聞いたことがある」

「じゃ、有沢って姓は……」

「アンナちゃんの父親とは離婚して、有沢に戻ったの。そして、最近、玉川と一緒に暮ら

してるとか……」

「それでは、アンナという子も、ますます気持ちが混乱するだろうな」

「でも、母娘なんですから。アンナちゃんのことを第一に考えるでしょう」

「そうとも限らん。世の中には、権力や肩書が我が子より大切という大人もたくさんいる」

「そうですね……」

と、多美子が肯《うなず》いて、

「今、圭子さんも言ってましたね。アンナちゃんの心配より、次の世界大会に出られるかどうかって」

そこへ、担当医師がやって来るのが見えた。

「どうですか、先生、アンナさんは?」

と、エリカが訊く。

「彼女はタバコをやらないだろ?」

と、医師が言った。

「それにしては、喫煙《きつえん》の痕が残っているようだ。周囲によほどのヘビースモーカーがいたか……」

「ええ。母親の圭子さんも、別れたご主人も、沢山《たくさん》喫《す》っていたようです」

「そのせいか。今は大丈夫だが、無理をするとどうなるか分からんよ」

「大変だわ。圭子さんや玉川が、どう思うか……」

アンナが戻って来て、

「大体のこと、聞いた」

と言った。

「治療というより、空気のいい所で少し体を休めるのが大事だよ」

と、医師が言った。

「でも――仕方ないの。今度の世界大会は、どうしても出ないと……」

と、アンナは言った。

「どうして?」

「仕方ないの。――母のために」

アンナはひとり言のように言った……。

✱ライバル

どう見たって、どこに違いがあるというわけじゃない。

脚の長さが違うとか、肺が人一倍大きいとか……そんなこともない。

それなのに――それでいて、決して勝てない。

いや、小さな競技会では勝ったこともある。しかし、相手は負けても、ちっとも悔《くや》しがるわけでもなく、

「おめでとう！」

と、心からの笑顔で祝福までしてくれたりするのだから……。

会田和美《あいだかずみ》がいい加減頭に来ているのも無理はないというものだろう。

会田和美は今二十才《はたち》。体育大の学生で、「日本マラソン界のホープ！」だった。

しかし、その「ホープ」の前には、目には見えないが、「第二の」という文字が入っていることを、みんなが知っていた。

「有沢《ありさわ》アンナ……。見てなさいよ。必ずあんたを負かしてやるから」

と、会田和美は言った。

シャワーのあるロッカールームで、和美は汗を洗い流した後、服を着ていた。

ケータイが鳴った。

「――はい。小森《こもり》さん？」

「やあ、今どこにいる？」

〈スポーツN〉紙の記者、小森昌紀《まさき》は、和美をよく記事に取り上げてくれる。

「トレーニング終わって、ロッカールームで着替えてるとこ」

「そうか。じゃ、風邪《かぜ》ひくかな」

「もう裸じゃないわ」

と、和美は笑って言った。

「ちゃんと服は着てるわよ」

「そうか。それは残念」

「また……。そんな話をするために、かけて来たの？」

小森は二十八才の独身。和美は小森が自分に「関心」を持っていることを分かっていた。

そして、小森はスポーツ記者の中でも、玉川《たまがわ》たち、協会幹部に気に入られている。

「ちょっと面白い情報を仕入れたんだよ」

と、小森は言った。

「どんなこと？」

「君のライバルのことだ」

「アンナ？　アンナがどうかしたの？」

「教えてあげてもいいが、誰にも言わないか？」

「言わないわよ。——もったいぶってないで教えて。アンナがどうしたの？」

「うちの社の同僚がね、飲み過ぎで肝臓をやられて、今日検査に病院に行ったんだ。その病院で……」

と、気をもたせるように間を置いて、

「アンナを見た」

「何だ。そんなこと？　誰だって病院ぐらい行くわよ」

「しかし、肺のＣＴまで撮らないだろ」

「肺の？　アンナの肺に問題が？」

「何もなけりゃ、ＣＴまで撮らないさ」

「それって……」

「玉川さんがね、うちの社長と話してるのをチラッと耳にしたんだ。アンナがトレーニング中に倒れたらしい」

「本当？　それが肺の何かだと——」

「断定はできないよ。しかし、その話の後にＣＴ検査だ。アンナの体に問題があるようなら……」

「今度の大会に出られないかもしれないってこと？」

「そうなれば、君が間違いなくトップだ」

和美は少し間を置いて、

「小森さん。間違えないで。私、アンナにはぜひ出場してほしいの。そして競技で勝ちたいのよ。アンナが出ないんじゃ意味ないの」

と、強調するように言った。

「いや、君の気持ちは分かってるがね」

と、小森は言った。

「どのみち、アンナは出るよ。母親のためにね」

「小森さん。――噂は本当なの？　アンナのお母さんと玉川さんが……」

「聞きたいか？　晩飯でも付き合ってくれたら、話してあげてもいいよ」

「そっちがおごってくれるの？」

「もちろんだ。取材費で落とせるよ」

「それじゃ、付き合ってもいいわ」

と、和美が言った。

「ハンバーガーじゃいやよ。ちゃんと、おいしい店に連れてって」

並木道だった。

ゆうべからの荒れた天気で、まだ空気は湿っていた。

夜の間、ずっと降り続いていた雨はもう止んでいたが、道は水たまりができている。

走りながら、アンナは水たまりをよけなくてはならず、神経を使った。

それに低気圧のせいで、頭痛がしている。女性の体は、気圧や湿度に敏感なのだ。

まだ朝六時を少し過ぎたくらいで、人通りはなかった。

冷たい空気が肺を充たす。長い間慣れてきたその感覚は体にしみ込んでいる。しかし
——今、アンナにはどこか違う感覚があった。

いつもと、どこか違う。

走ることが辛《つら》いとか、苦しいということはないが、しかし何かが違う……。

その感覚と、足下の水たまりに気を取られていた。メリメリという聞き慣れない音が頭上から聞こえてくることに気付かなかった。

昨夜の強風で、並木の枝が折れかかっていた。

そして、少し強い風のひと吹きで、宙に飛んだ。

「枝が当たった？」

と、エリカは訊き返した。

「アンナの顔に？　それで――」

「大けがというわけじゃないけど」

と、箱崎多美子《はこざきたみこ》が言った。

「でも、顔に傷が。目は大丈夫だったらしい。ただ、気分的にショックを受けていて」

夜、エリカのケータイに、多美子からかかって来たのである。

十九才の女の子だ。顔に受けた傷はショックだろう。

「ともかく、二日ほどは安静にしているように言われたって。でも、たぶんじっとしていられないでしょうけどね。大会も近いし」

「お見舞いに行ってもいいかしら」

「訊いてみるわ。でも、アンナちゃんと直接話せないから……」

「分かった。こちらでも何とか考えてみるわ」

と、エリカは言って、通話を切った。

「——何ごとだ？」

クロロックが居間へ入って来る。

エリカの話を聞くと、

「そうか。運が悪かったな」

と、表情を曇らせて、

「そういうことは続くものだ。用心に越したことはない」

「じゃ……明日にでもお見舞いに行く？」

「明日まで待つこともなかろう」

と、クロロックは時計を見て、

「真夜中の十二時まで、あと二時間はある」


「多美子じゃないか」

病院の向かいにあるハンバーガーの店に入っていた多美子は、振り向いて、

「小森さん。どうしてここに?」

「君と同じ用じゃないかな。有沢アンナのことで来たんだろ?」

「面会はできませんけどね」

スポーツ記者だから顔見知りだ。

「そうか。アスリート同士に会えないスポーツ記者じゃ、気の毒だな」

多美子は表情をこわばらせて、

「私をからかいに来たんですか? 用がないなら、向こうへ行って下さい」

と言って、ハンバーガーにかぶりついた。

「もう一つ訊いていいか」

「――何ですか」

「〈S〉はもう辞めたのか」

多美子の勤めていたバーだ。

「そんなこと、あなたに関係ないでしょ!」

と言い返していた。

「訊いただけだよ」

「〈S〉から他の店に移ったんです。それで満足？」

小森は、多美子と並んで座ると、

「今度、〈スポーツN〉のデスクになった」

「それはおめでとう」

二十八才では異例のことだろう。しかし、多美子には見当がついた。

小森が玉川などに気に入られているからなのだ。

「しかしね、今、うちもいい記者が足りないんだ。ともかく、アスリートの経歴もろくに調べないで取材に行ったりする」

と、小森は苦笑いして、

「相手を怒らせても、謝りもしない。困ったもんだよ」

「お気の毒に」

「どうだ。うちで働かないか」

多美子は小森を見て、

「何の冗談ですか？」

と言った。

「本気だ。君は記者として優秀だよ。ホステスなんかやってちゃもったいない」

「でも――」

「もちろん、お偉方とトラブルを起こされちゃ困る。でも君なら、言いたいことを、うまくオブラートにくるんで書けるだろう」

「だけど私は……」

「いや、今のスポーツ紙は、うちも含めてだが、批判的な記事がほとんどない。アスリートをアイドル扱いして、ファンが喜べばそれでいいと思ってるところがある。それじゃ、甘いだけのお菓子のようなもんで、いずれ飽《あ》きられる。ピリッと辛《から》い味もなくちゃ、紙面に活気が生まれない。そう思わないか？」

「私にそれを書けと？」

「君ならできる。むろんチェックは入るだろう。しかし、君の書きたいことを握りつぶしたりはしない。約束する」

多美子は、小森の言葉を半分も信じていなかったが、しかしスナックやバーでの日々に疲れていた。小森の誘いは逆らいがたい魅力だった。

また記事が書ける！

そう思っただけで、体が熱くなった。

「——いつから？」

と、多美子は訊いた。

「今からだ」

と、小森は言った。

病室のドアが開いた。

「どなた？」

と、椅子《いす》から立ち上がると、有沢圭子《けいこ》は言った。

「こんな時間に面会なんて……」

「どうですか、アンナ？」

と、入って来たのは、会田和美だった。

「まあ、和美ちゃん！」

「こんな遅くにすみません。でも、昼間だとTVや週刊誌がうるさいと思って」

「ありがとう！　気をつかってくれて」

ベッドから、アンナが手を振って、

「わざわざありがとう」

「枝が当たったって？　怖いね」

和美はベッドのそばへ寄って、

「でも、すぐ戻るでしょ、トレーニングに」

「うん。今休めないよね。お母さんにもそう言ってたとこ」

「負けてないからね、私も」

と、和美が言って、

「小森さんが連れて来てくれたの」

と、振り返った。

小森が、カメラマンを連れて入って来ると、

「どうも」

と、圭子へ会釈《えしやく》して、

「ライバル同士の握手っていうので、記事を載せようと思いましてね」

「小森さんなら構わないわ」

「じゃ、二人が手を取り合っているカットを」

カメラマンがシャッターを切る。

「美しい友情だね。——ああ、それと、記事を書くのは彼女だ」

病室へ入って来たのは、多美子だった。

「今度、うちの〈スポーツN〉の記者として働くことになってね」

と、小森が言った。

「あら」

圭子はちょっと不満げだったが、小森が肯《うなず》いて見せると、納得したように、

「じゃ、よろしく」

「失礼します。——アンナちゃん、どう?」

と、多美子が言った。

「ええ、大したことないわ」

「良かった。ちょっと話を聞かせてくれる?」

「はい……」

アンナは少し当惑した表情だった。——多美子が、小森のスポーツ紙で?

多美子が話を聞いている間に、小森は圭子を廊下《ろうか》へさりげなく連れ出した。

「小森さん、どういうこと? あの記者はクビになったんでしょ、協会を批判して」

「ええ。しかし、仕事がなくて、ホステスをしてたんです。当人も、もうこりてますよ。記者に戻れれば、おとなしくなる。腕はいいですからね」

「そうなの? それならいいけど」

と、圭子は肩をすくめた。

「玉川さんは、今どこです?」

「こっそり海外へ出てる。オリンピック委員会の幹部と会いにね」

「そうですか！　いよいよ、玉川さんが頂点に上りつめる日が近いですね」

　と、小森は笑った。

　――その会話を、廊下の休憩所《きゅうけいじょ》のソファのかげで聞いていたのは、クロロックとエリカだった。

「多美子さんが……。がっかりだわ」

　と、エリカが言った。

「彼女の苦しみにつけ込んだ男が卑劣《ひれつ》だ」

　と、クロロックは言った。

「それはそうね。多美子さんを責めても……」

「しかし、小森という男は、何か下心がありそうだな」

「というと？」

「いや、まだ分からんが、アンナという子を、何かに利用しようとしている」

「そうね。――私もそんな気がする」

「アンナの体が心配だな。ひそかに様子を見よう」

と、クロロックは言って、

「お前は、あの女性記者の周囲を調べろ。きっと誰かが接触してくる」

「分かったけど……」

「何だ？」

「私、いつ大学に行けばいいの？」

と、エリカは言った。

✱ スタジアム

観客のいないスタジアム。

アンナは、観客の声援が、むしろ苦手だった。負けたら申し訳ない、という気持ちになってしまうのである。

空《から》っぽの客席へ目をやって、アンナは深呼吸した。

やっぱり、私のいる場所は、ここしかない！

病院で言われたように、体調が万全でないことは自分がよく知っている。しかし、今度の大会が終われば……。

「そう。――それでゆっくり休めるわ」

と、アンナは呟《つぶや》いた。

「アンナ」

呼ばれて振り返ると、玉川《たまがわ》が立っていた。

「コーチ。今日は何かあるんですか？」

と、アンナが訊いたのは、玉川がトレーニングウェアを着ていたからだ。

今はほとんど上着にネクタイというスタイルでいることが多い。

「何を言ってるんだ？　今日は今度の世界大会のポスター撮りだぞ」

「え？　走るんですか、私？」

「当たり前だ。そんなワンピースで写真を撮ってどうする」

「でも……」

「ちゃんとお前の母さんには言ってある。聞かなかったのか？」

「お母さんが……。ゆうべから会ってないんです。ずっと出かけてて」

アンナは、母が当然玉川と出かけているのだと思っていた。いや、おそらくそうなのだろう。

「そうか。困ったな。あと三十分もすれば、撮影スタッフがやって来る。ウェアはあるだろう?」

「持って来ていません。まだ走るなと……」

医者からは、あと二、三日は休めと言われていたが、玉川にそうは言えなかった。

「それじゃ、用意させよう」

玉川はケータイを取り出して、アンナのスポンサーになっているスポーツウェアのメーカーへ電話した。

「——ああ、すぐいくつか持って来てくれ。すぐだぞ」

と、強い口調で言って、

「営業の人間をすぐよこすそうだ。着てみればいい」

「はい……」

アンナは、少しためらって、

「コーチ、あの……」

「何だ?」

「お母さんとは……どうなってるんですか?」

玉川はちょっと笑って、

「お前だって、もう十九だろう。男と女のことが分からないことはあるまい?」

「でも、お母さんは、お金のことがある、と——」

「金? それは確かに、お前の母親は俺にかなりの借金がある。しかし、俺はそれだからといって関係を迫るような卑劣《ひれつ》な男じゃないぞ。お前、俺のことそんな風に思ってたのか?」

「いえ、そういうわけじゃ……」

「お前の母さんは寂しいんだ。まだ四十一だぞ。俺が相手をしてやってる」

玉川の口もとに浮かんだ薄笑いに、アンナは思わず目をそらした。

「——やあ、アンナ」

と、声がして、会田和美《あいだかずみ》がグラウンドへ出て来た。

「和美——」

アンナは、トレーニングウェアの和美を見て、

「あなたも走るの?」

「ええ、玉川さんから言われたの」

「アンナと和美。二人はライバルってことになってる。それが狙いだ」

「でも、コーチ、私たち別に……」

と、アンナが言いかけると、

「アンナ、その格好で走るの？　何なら、ポスターは私一人でもいいわよ」

と、和美は笑顔で言った。

「そんな……。今、ウェアが来る。仕度《したく》するわ」

アンナは、更衣室へと足早に向かった。

和美に対しては、烈《はげ》しくはないまでも、やはりライバル意識がないわけではない。

玉川の目の前で、和美に負けたくはなかった。玉川と母への反感もある。

自分がトップだということを、見せてやりたかった。

十分もすると、ウェアが届いた。

アンナは、何種類も揃ったウェアを次々に着て、動きやすいものを選んだ。

「――どうだ」

玉川が更衣室へ入って来て、アンナはドキッとしたが、コーチなのだ。着替えるところなど見られるのはいつものことだった。

「おい、その色はよせ」

「いけませんか？　これが一番動きやすいんです」

「和美と同系色じゃないか。対照的な色でないとだめだ」

「はい。それじゃ……こっちですか？」

「これがいい。――グラウンドにも映えるしな」

「はい」

ここは言われる通りにするしかない。

アンナはウェアを脱いだ。

そのとき、いきなり玉川に抱きしめられキスされた。

怒る間もなく、玉川はパッと離れて、ちょっと笑うと、

「グラウンドで待ってるぞ」

と言って出て行った。

アンナは青ざめたまま、立ちつくしていた……。

そして——ドアがノックされた。

「誰?」

と、つい大声を出す。

「私。箱崎多美子《はこざきたみこ》よ」

「ああ……。どうぞ」

多美子は入って来ると、

「今、玉川さんとすれ違ったけど、いやに機嫌が良さそうだったわね」

と言った。

「今日、ポスター撮りですってね。取材するように言われたわ」

「和美への取材じゃないんですか」

アンナの反発するような言い方に、多美子は戸惑って、

「どうしたの?　私は別に……」

「いいんです。ごめんなさい」

と早口に言って、アンナは更衣室から走るように出て行った。

「アンナちゃん……」

多美子が廊下《ろうか》に出ると、

「そっとしておいてやれ」

と、声がした。

「クロロックさん。どうしてここに?」

「あの玉川というコーチが気になってな」

「玉川さんがどうかしたんですか?」

「今、更衣室の中で、アンナにキスしておった」

「何ですって?」

「もちろん、突然のことで、アンナは拒《こば》む間もなかったがな。あれはセクハラというものだろう」

「それは確かに……。でも玉川さんは、アンナのお母さんと——」

「撮影にのぞむアンナの気持ちはどうかな? しかし、あんたには記事にできまい」

多美子は詰《なじ》った。

今、玉川を非難するような記事を書けば、せっかく復帰したスポーツ記者の仕事を失うことになるだろう。

「ともかく、様子を見よう」

と、クロロックが言った。

「——お父さん」

エリカがやって来た。

「グラウンドの方はどうだ？」

「なんだか、アンナがひどく興奮してるよ。大丈夫かな」

「今は撮影だけだ。しかし、無理をさせないようにしないとな」

エリカたちがグラウンドへ出ると、撮影スタッフが、大型のスチルカメラやデジタルカメラをセットしていた。

アンナと和美は二人でトラックを走り始めていた。

二人の走りには、「本気」がみなぎっていた……。

「アンナ……」

「放っといてよ！」

母、圭子《けいこ》に向かって、アンナは怒鳴った。

「一人にして！」

「分かったわ。でも……コーチの言うことを聞くのよ」

そう言って、圭子は更衣室を出て行った。

アンナは一人、汗を拭《ぬぐ》おうともせず、

「負けた……。私が負けた。——そんなわけないのに！」

と、叩きつけるように言った。

撮影は何時間にも及んだ。

軽くランニングするだけでいいと思っていた。カメラが回っている間だけ。

しかし、そうはいかなかったのだ。

撮影は、カメラの位置やアングルを変えてくり返された。アンナと和美は、その度《たび》に本気で走らなければならなかった。

そして、「二人が本気で競っているところが欲しい」というスタッフの希望で、玉川が承知した。

トラック一周だが、アンナと和美は本気で走った。

もともと短距離の選手ではないから、全力疾走というわけではなかったが、和美がどんどんペースを上げると、アンナも負けてはいられなかった。

ラストの直線は、ほとんど全力で走ったが――アンナは負けた。

「あんなこと、意味ないわ」

と、自分へ言い聞かせる。

そう。――あれはポスターやＴＶＣＭのために走っただけだ。

本番になったら……。

「勝ってみせる！」

と、アンナは口に出して言った。

「――どうした」

玉川が更衣室に入って来た。

「いえ……。ちょっと疲れて」

「そうだろうな。あんなにきついことをやらせるとは思わなかった。すまん」

「いえ、別に……。大丈夫です」

「しかし、お前……」

玉川は椅子《いす》にかけて、

「加速に勢いが失くなったぞ。自分でも分かってるだろう」

「それは……」

アンナは口ごもった。アンナ自身がそう感じていたからだ。

「まあ、大会までに回復するかもしれないが、何といっても時間がないからな」

確かに、「失われる」のは速いが、「取り戻す」には時間がかかる。

「ともかく、精一杯やれ」

と、玉川はアンナの肩を叩いて言った。

「はい」

しかし、その玉川の口調には、アンナへの期待が感じられなかった。

「コーチ、私、勝ちたいです！」

と、ついアンナは言っていた。

「どんなことをしても！」

玉川は、しばらく黙っていたが、

「――本当に勝ちたいか」

と、口を開いた。

「はい」

玉川は、ポケットから小さな紙包みを取り出した。

「これを、一錠《じよう》ずつ服《の》め。一錠ずつだぞ」

「コーチ……」

「服むかどうかは、お前が決めろ。これは違法ではない。ドーピングとは違うが、薬には違いない」

「そんな……」

「お前に勝ってほしい。それだけだ」

と言うと、玉川は包みをアンナの手に握らせて、更衣室から出て行った。

アンナは、手の中のそれを、しばらくじっと見つめていた。そして呟《つぶや》いた。

「勝たなきゃ……」

✠ 遠い歓声

「今日の大会が終わったら、玉川《たまがわ》さんはＪＯＣ幹部ね」

と、有沢圭子《ありさわけいこ》が言った。

「うん……」

アンナは肩をほぐしながら、

「お母さん、どうなってるの、玉川コーチとの間は」

と言った。

「いきなり、そんなこと言われても……」

と、圭子は目をそらして言った。

「私が勝ったら、別れてくれる？」

アンナの言葉に、圭子はちょっと顔をしかめて、

「あんたの勝ち負けとは関係ないわよ」

「そう?」

「そりゃあ……玉川さんと親しくしていれば、何かとあんたにプラスになるだろうとは思ってるわよ」

「やめて!」

アンナは強い口調で、母の言葉を遮《さえぎ》った。

「私のためだ、なんて言わないでよ。私、お母さんにそんなこと頼んでない」

「分かってるわよ、そんなこと」

——母と娘の間に、ちょっと気まずい空気が流れた。

しかし、足音がして、更衣室に、他の選手たちが一斉に入って来た。

「やあ、アンナ!」

「久しぶり。元気?」

にぎやかな、「女同士」の会話が始まって、

「それじゃ、観客席に行ってるわ」

と、圭子は娘に声をかけて出て行った。

すでに仕度《したく》を終えていたアンナは、他の選手たちが着替えている間に、先に更衣室を出た。

「――多美子《たみこ》さん」

「どう？　コンディションは」

と、多美子が訊く。

「まあまあ。走ってみないと分からない」

「そうよね」

「大会の記事を担当するの？」

「できればね。それには、今日の国内予選のことを、きちんと書かないと」

と、多美子は言って、

「レースの後、取材させてくれる？」

「ええ。もし勝ったらね。負けたら、『有沢アンナの時代は終わった』とでも書いといて」

そう言って、アンナは廊下《ろうか》をグラウンドの方へと歩いて行った。

多美子はそれを見送っていたが――。

「何か起こりそうかな?」

という声に振り向いた。

「クロロックさん……」

「今日、アンナと会田和美《あいだかずみ》は本気でぶつかるだろう。マラソンは長い。途中で何が起こるか分からんぞ」

「何か起こりそうだと?」

「それはあんたの方がよく知っているだろう」

多美子は、少しためらっていたが、

「気になるんです。小森《こもり》さんのこと」

「〈スポーツN〉では上司になるのだろう? 何か注文をつけられたか」

「いいえ。――変な話ですけど、何を書いても、ひと言の注意もないので、却《かえ》って気味が悪いです」

と、多美子は言った。

「今日の結果はどうなるかな」

「ええ……」

多美子は、ちょっと不安げに、

「心配なんです」

「なぜ？」

「小森さんの様子が。――走り終わった後に、記者会見をセッティングしていました。それは普通のことですが、わざわざ、他のスポーツ紙にも連絡して、会見を取材するように言ってるのを、聞いてしまったんです」

「つまり、何かよほどのことが起こると――」

「それが分かってるみたいでした。だから心配で……」

「ともかく、レースを見守ることだな」

と、クロロックは言った。

観客がどよめいた。

まるでドラマのような展開だったのだ。

途中、抜きつ抜かれつしていたアンナと和美は、最後、グラウンドへほとんど並んで駆け込んで来た。

トラックを一周。——その間に、二人の勝敗がかかっていた。

二人を応援する声が入り混じって、グラウンドに響いた。

「凄《すご》いね」

と、観客席にいたエリカが言った。

「うむ。どちらも必死だな」

と、クロロックが肯《うなず》いた。

そのとき——トラックを回る二人が、クロロックたちの前へ差しかかった。そして、曲がろうとしたアンナの足が、一瞬もつれた。

アンナが体を泳がせて、転倒するかと見えた。「アーッ!」という声が観客から上がった。

しかし、アンナは倒れずに立ち直った。

その一、二秒の間に、和美がリードしていた。最後の直線コースに入る。

数メートル引き離されたアンナが、必死で追う。

観客が立ち上がって見守った。

ゴールまで三十メートルというところで、アンナが追いつく。そして、和美を抜いた。

そのまま、アンナはテープを切った。

盛大な拍手が起こった。

ゴールした二人は、しばらく歩き回っていた。激しい息づかいが聞こえてくるようだった。

三位以降の選手たちが、やっとグラウンドへ入って来た。

「――お父さん」

と、エリカがクロロックを見る。

「記者会見を見に行こう」

と、クロロックは立ち上がって言った。

トレーナーを着たアンナと和美が、会見場に入って来た。拍手が二人を迎える。

「——ありがとうございます」

と、アンナがホッとしたように言った。

「精一杯、頑張りました！」

「どっちもね」

と、和美も微笑《ほほえ》んだ。

「世界大会でも一緒だね」

と、アンナが和美の肩に手をかける。

世界大会の出場枠《わく》は二人ある。アンナと和美。——誰もが納得しているようだった。

そのとき、

「皆さん、お静かに願います」

と、声がした。

玉川が会場へ入ってくると、マイクの前に立った。

「ご報告しなければならないことがあります」

玉川は深刻な表情をしていた。

何ごとか、と記者たちが身構える。

「大変辛《つら》いことですが……」

と、玉川はやや目を伏せて、

「今、出場選手のドーピング検査の結果、一人から違法薬物が検出されたという知らせがありました……」

記者たちがどよめいた。

「――誰ですか!」

という声が飛んだ。

「まことに残念なことです」

と、玉川は額にしわを寄せて、

「今、こちらに結果のレポートが届くことになっていますが、私の手元にメールの連絡が……」

……

玉川は息をついて、

「私が手塩にかけて育てた選手に、こんなことが起こるとは……」

と言った。

アンナが玉川へ目をやると、

「コーチ……。まさか、私だと？」

と言った。

「アンナ。お前のラストの追い上げは、不自然だった。俺の目には分かった」

「そんな……」

「私どもは、たとえ最も有力な選手でも、決して不正を許しません！」

と、玉川は力をこめて言った。

エリカは、そばにいた多美子が、

「これだったのね……」

と呟《つぶや》くのを聞いた。

エリカは、いつの間にかクロロックがそばにいなくなっていることに気付いた。

ロビーをせかせかとやって来る男がいた。

汗を拭き拭き、見えない手にせかされているかのようだった。

「──ちょっと、君」

と、クロロックは声をかけた。

男は面食らったようにクロロックのいでたちを眺め、

「何です、あんた?」

「これから玉川コーチの所へ行くのだな?」

「そうですよ。急ぐんです」

と行きかけたが、クロロックは男の前に回って止めると、

「君に話がある」

と言った。

「こっちは急いでるんですよ!」

「いや、君は実にきれいな目をしておる。いつも彼女からそう言われんかね?」

「え？　いや……まあ、言われないこともないけど……」

「そうだろう！　君の目を見ていると、決して嘘のつけない人だと分かる」

「はあ……」

男がフラッと揺れた。クロロックの催眠術《さいみんじゅつ》にかかったのだ。

「君は、ドーピングの有無を調べておるのだな？」

「そうですが……」

「検査結果は常に正しい。そうだろう？」

「もちろんです！」

「そう。君は真実を話すしかない。それこそが君の使命だ」

「その通りです」

「では急ぎなさい。玉川コーチが君を待っている」

「失礼します！」

――男はファイルを抱えて会見場へ入って来た。

「結果が届いたようだ」

と、玉川が言った。

アンナは青ざめた顔で、じっと正面を見つめている。

「ご苦労。それが検査結果か?」

「さようでございます」

「見せてくれ。——これだ。〈有沢アンナ〉この数値を見れば明らかだ。アンナは薬物を使用していた」

アンナは固く唇を結んで何も言わなかった。

「この悲しむべき結果について——」

と、玉川が言いかけると、

「違います」

と、レポートを持って来た男が言った。

「——違う、とは?」

「一桁《けた》、数値を上げてあります」

「何だと?」

「玉川コーチのご指示で、〈有沢アンナ〉選手の結果に手を加えました」

人々がざわついた。玉川が真っ赤になって、

「何を馬鹿なことを言っとる！」

と怒鳴った。

「本当のことです。玉川コーチは、『アンナの選手生命を絶つんだ』とおっしゃいました。『手伝ってくれたら、君をドーピング対策部長にしてやる』とも」

「やめろ！　こいつはどうかしとる！」

しかし、記者たちは立ち上がって、

「どういうことですか！」

「説明して下さい！」

と、口々に言った。

「玉川コーチは、『アンナのお袋にも飽《あ》きたよ』ともおっしゃいました」

圭子が人をかき分けて突き進んで来ると、玉川の顔を平手打ちした。ＴＶカメラが一斉に回って、

「もう一度！」

と注文する声も上がった。

アンナは和美に、

「こんな所にいたくないよ。出よう」

「うん」

二人は、記者に囲まれる玉川を残して、会場を出て行った。

「走るのをやめる？」

と、エリカが言った。

「すっかりやめちゃうわけじゃないけど」

と、アンナは言った。

「今度の大会の結果がどうでも、一度自分が本当にやりたいことは何なのか、考えてみたい」

「焦ることはない」

と、クロロックが肯《うなず》いて、

「人生のマラソンはまだ先が長いのだ」

「ええ。――これしかないからやる、っていうんじゃなくて、私には他にもやれることがあるって確かめたい」

――ホテルのラウンジで、アンナとエリカたち、そして多美子も一緒にコーヒーを飲んでいた。

「その話、記事にしていい？」

と、多美子が訊いた。

「ええ、もちろん」

多美子は、玉川の失脚で、共犯関係だった小森がクビになった後、〈スポーツN〉の紙面を任されていた。

「和美は何も知らなかったのね。良かったわ」

「あの子のスポンサー企業が、玉川と組んでいたのよ。でも、ドーピング検査の人が本当のことを話してくれて……。勇気のあることだったわ」

「人間、嘘をつくと、一生それを悔《く》やんでいかねばならん。あの男はそれがいやだったのだろうな」

と、クロロックは言った。

「そういう記事が書けるのは嬉しいわ」

と、多美子が言って、急ぎ足で去って行った。

「でも、一つふしぎなことがあったんです」

と、アンナが言った。

「どういうこと？」

「最後のカーブのところで、私、焦って足がもつれてしまって。あ、転んじゃう、って思った。そのとき、まるで誰かが体を支えてくれたみたいで……。見えない手が、転ぶのを止めてくれた。私、立ち直ってスパートしたけど……。あれって何だったんだろう」

エリカはチラッとクロロックを見た。——お父さんが「力」を送ったのね！

クロロックは穏やかに微笑《ほほえ》んで、

「真剣に生きている人間には、時として神が手をさしのべることがあるのだ」

と言うと、ゆっくりコーヒーを飲んだ……。

吸血鬼と猛獣使い

✠夜明け前

何の「予告」もなかった。

もし少しでもそういう予感があったら――。

もちろん、村木浩介《むらきこうすけ》はもう半世紀以上その子たちを育てて来た。

本当なら六十五才で定年と決まっているのだが、数少ない例外が、今年六十八才になる村木浩介だったのだ。しかし、仲間内でも、そのことで文句をつける者は一人もいなかった。

「あいつらは村木のじいちゃんでなきゃな」

と、誰もが分かっていた。

村木浩介は、真面目《まじめ》で、責任感が強く、みんなに好かれ、尊敬されていた。

その村木が……。

どうしても、みんなに言えないことがあった。言わなければならない、と分かっていながら。

その秘密を隠していることは、許されないことだった。だが、「まだ大丈夫だ」、「大したことじゃない」——そう自分をごまかしていたのだ。

「うん、今日も調子がいい」

朝五時。冬の朝は外も暗く、冷え冷えとしていた。

宿舎にしている大型のキャンピングカーを出たとき、寒さにちょっと震えたが、こんなのはいつものことだ。

まだ誰もが眠っている。〈山下《やました》サーカス〉の朝は、まだ明けていなかった。

その足音は、〈サム〉を目覚めさせた。

ずっと離れた所からでも、サムは村木の足音を聞き分ける。

「——待ってろよ」

と、村木は呟《つぶや》いた。

村木浩介は〈山下サーカス〉の、「ライオン使い」である。

赤ん坊のときから、村木が可愛《かわい》がり、育てて来たサムは、今や立派なたてがみの雄《おす》ライオンに成長した。

サムは〈山下サーカス〉の大スターである。見た目も立派で堂々として、「百獣の王」の貫禄《かんろく》に溢《あふ》れている。

「おい、どうだ」

と、檻《おり》の外から村木が声をかける。

サムがグォーッと地響きのような声で答えた。

「よしよし、機嫌良さそうだな」

と、村木は言って、檻の隙間《すきま》から手を入れると、サムの鼻を撫《な》でた。

「今、朝ご飯の仕度《したく》をするからな」

村木は檻の裏手に回った。

今日でここの公演は終わりだ。明日には大型トラックを連ねて、他の町へと移動する。

今日の公演が終わると、すぐにテントをたたみ、トラックに積むのだ。

もっとも、六十八才の村木は「片付け」の仕事から免除されていた。

「おやじさんに腰でも痛められちゃ困るからな」

と、〈山下サーカス〉の団長である山下郁弥《いくや》は笑って言っていた。

「本当は、どの若手より元気だけどな」

——サムの檻の裏手に回った村木は、枯れ草を踏む足音に気付いた。

「誰だ?」

暗がりの中、目を細めると、

「私よ、村木のおじさん」

その声で、村木はホッとする。

「ゆかりか。——どうしたんだ、こんなに朝早く」

「馬たちが寒くないかと思って」

ジャンパーをはおった三田《みた》ゆかりは、今二十四才。サーカスでは曲馬乗りのスターだ。

馬の背に真っ直ぐ立って馬を走らせる。

「今日で、また引越しね」

「ああ、そうだな。旅から旅へだ。もう慣れちまったがな」

「――村木さん、大丈夫なの?」

と、ゆかりが村木のそばへ来て言った。

「え?　何のことだ?」

「ごまかさないで。私、見てるんだから。村木さんが病院に行ってるところ」

「ゆかり……」

「ずっと黙ってるの?　いけないわ。万一のことがあったら――」

「大丈夫だ。大したことはねえんだよ」

と、村木はちょっと乱暴な口をきくと、

「サムの奴に朝飯を食わさなきゃ」

「村木さん……。ちゃんと団長さんに話さなくちゃ」

「分かってる。ここの公演が終わったら、話そうと思ってるんだ」

「本当ね?　村木さんのために言ってるのよ」

「そうだな。ゆかりの気持ちはありがたいよ。しかし、話をすりゃ、もう俺は終わりだ」

「村木さん……」

「俺がいなくなったら、誰がサムの面倒をみる？　サムが俺以外の誰の言うことを聞くっていうんだ？」

「分かるけど……」

「そう心配するな。自分の体のことは、俺がよく知ってる。な、また戻って寝ろよ」

「じゃあ……。後でね」

心残りな様子ではあったが、ゆかりは自分のキャンピングカーの方へと戻って行った。

村木にも分かっている。――もう〈山下サーカス〉にはいられないんだ。

「心臓がね……」

と、医者は首を振って、

「いつ発作《ほっさ》を起こしてもふしぎじゃないよ」

病院へ行ったとき、たまたま三田ゆかりに見られてしまった。内緒にしておいてくれたが、他ならぬ村木自身が、このままじゃいけないと分かっている。

だが、団長に話せば即座にクビだろう。いや、そんな冷たい扱いはしないかもしれないが、サムの担当から外されるのは間違いない。

「俺でなきゃ」

と、村木は、自分へ言い聞かせるように呟いた。

「サムは、俺でなきゃだめなんだ」

村木は檻の裏手の扉を開けた。もちろん、扉は二重になっていて、一旦中へ入ると、扉を閉めてロックし、次の扉を開ける。

「――おい、サム」

と、奥の扉を開けながら、村木は呼びかけた。

その瞬間、鋭い痛みが村木の胸を襲った。床に膝をついて、じっとこらえる。

いかん！　このままでは……。

村木は奥の扉を閉めた――つもりだったが、完全に閉まっていなかった。そのロックがかかっていないまま、外への扉を開けた。

頼む、おさまってくれ！　お願いだ！

這《は》うようにして、外へと出る。――しかし、そこが限界だった。

檻から上半身をぐったりとはみ出させて、村木は息絶えた。

キーッときしんだ音をたてて、奥の扉が開くと、サムはゆっくりと歩みを進めた。

いつも自分に話しかけ、やさしく体を撫でてくれる〈父さん〉が、今はうつ伏せになって、檻から出ようとした格好のまま、動かない。

サムはちょっと首をかしげた。

どうしてそんな所で寝てるんだ？

前肢《まえあし》で〈父さん〉の体をつついてみたが目を覚ます様子はない。

扉は開いていて、外の冷たい空気が鼻先に感じられた。

サムは、〈父さん〉の体を乗り越えて、外の地面に下り立った。

周りは静かで、暗い。――サムは充分に眠って、元気だった。

色々な動物の匂《にお》いがしていた。しかし、今、サムの注意を引いていたのは、遠くに見える光の柱だった。

もちろん、檻の中から何度も見たことがある。大きな建物で、人間が沢山《たくさん》住んでいる。

夜になっても明かりが消えることはない。あそこで、人間たちは何をしているんだろう？

サムは自分が今、どこへでも行けるのだということ——自由だと気付いた。テントと檻の間を行き来するだけではなく、もっと遠くへ、しかも駆けて行くことができるのだ。

大きく呼吸して、冷たい外気を胸一杯に吸い込むと、サムは外の道路へと駆け出していた。


「どうしたのかしら」

三田ゆかりは、馬たちが騒いでいるのを、敏感に感じ取った。

キャンピングカーから出ると、馬たちの所へ行って、

「どうしたの？　——大丈夫、何ともないわよ」

と、声をかけた。

しかし、馬たちは怯《おび》えたように首を振り、足踏みしている。

おかしい。何かあったのだ。

猿たちが声を上げるのが耳に入った。――ゆかりは歩き出して、それを見付けると、

「村木さん！」

駆け寄って、うつ伏せに倒れている村木の体を揺さぶった。しかし、もう死んでいると直感した。

そして顔を上げて、愕然《がくぜん》とした。――血の気がひく。

扉が開いたままだ。そして、サムの姿がない。

「大変だわ」

ゆかりは、足が震えるのをこらえて、団長のテントへと向かった。

✠ 家出

「何なのよ……」

とは言ったものの、鳴っているケータイには聞こえない。

神代《かみしろ》エリカは、ベッドから手を伸ばして、ケータイをつかんだ。

前の晩、寝るのが遅かったので、ぐっすり眠っていた。午前六時だ。

「はい、もしもし?」

何とか目を開けながら出ると、

「あんたのせいだぞ!」

と、いきなり男の怒鳴り声が飛び出して来て、エリカは仰天《ぎょうてん》した。

何よ、これ?

ケータイの発信者を見ると、堀田沙代《ほったさよ》のケータイからだ。しかし、怒鳴ったのは、どうみても十六才の女の子ではない。

やっと頭が回転し始めた。

そうか。当然今怒鳴ったのは——。

「堀田さんですね」

と、ベッドに起き上がって言った。

「どうしてくれるんだ！」

と、向こうは怒鳴るばかり。

「何のご用でしょう？　さっぱり分かりませんが」

エリカは大分冷静になっていた。

家庭教師に行っている堀田家の一人娘が沙代。高校一年生だ。

「あんたが娘をたきつけたんだろう！」

と、父親は言った。

「何のお話ですか？」

するとき向こうで、

「あなた、やめて！」

と言っている声がした。

沙代の母親だ。そして、

「すみません！　主人が心配のあまり……」

と、代わって言った。

「どうしたんですか？」

「家出したようなんです」

「沙代さんが？　いつのことですか？」

「今朝、起きたら玄関の鍵《かぎ》がかかっていなくて……」

と、堀田の妻、靖子《やすこ》は言った。

「それで沙代の部屋を覗《のぞ》いてみたら、あの子……」

「そうですか。ご心配は分かりますが、お友達の所とか、心当たりは？」

「それはまだ……。こんな時間ですし」

私は叩き起こしてもいいのか！　エリカはムッとしたが、

「でも、どうして沙代さんの家出が私のせいなんですか？」

「娘が言ってたんです。『私の気持ちを分かってくれるのはエリカ先生だけだ』って」

するると、そばで聞いていたらしい父親が、

「いいか、娘に何かあったら、あんたのせいだぞ！」

と怒鳴った。

あんたがそういう風だから、娘が家出するんだろ、と言ってやりたいのを、何とかこらえて、

「ともかく、今は寒いんですから、急いでご近所を捜した方が」

と言ってやった。

「そのつもりですが……」

と、靖子は口ごもった。

「何か問題でも？」

「私どもが捜し回っているのをご近所の方が見たら、家出のことが分かってしまいます

し」

「それは――仕方ないじゃありませんか」

「でも、ご承知の通り、主人はテレビで顔を知られていますし、大学の教授という立場も……。それに、私は神経痛で、寒い中へ出て行くと……」

エリカは唖然《あぜん》としていたが、

「それって――私に捜せとおっしゃってるんですか?」

「いえ、そういうつもりでは……はあ」

そう思っていることがはっきり分かる。

エリカは沙代が可哀《かわい》そうになった。

「私も努力しますが、ともかくご両親が、まず捜すのが当然でしょう」

と言ってやったものの、先方に通じるとは思えなかった。

「何か分かったら連絡を」

と言って、エリカは切った。

沙代はケータイを置いて行っているのだ。

そうなると、見付けるのは大変かもしれない。

しかし、家庭教師として、放ってもおけず、エリカは身仕度《みじたく》をした。

部屋を出ると、何と父のフォン・クロロックがいつものマント姿でコーヒーを飲んでいた。

「お父さん！　どうしたの、こんなに早く」

「ちゃんと聞こえていたぞ。向こうの父親の怒鳴り声も。お前もひどい家に行っとったのだな」

「まあね。家出したくなる気持ちも分かるよ」

「しかし、凍え死ぬことはなかろうが、悪い男に引っかかる恐れはある。一緒に捜してやろう」

「助かるよ！」

吸血族のフォン・クロロックは、人間とはレベルの違う感覚を持っている。

「では、まずその家の周辺からだな」

「ちょっと遠いけど」

「タクシーを呼んでおいた。会社の経費で落とす」

「ええ?」

〈クロロック商会〉の社長とはいっても、雇われ社長の身だ。

「大丈夫なの?」

「何ならお前が払うか?」

「それは――。ともかく行こう!」

エリカとクロロックは急いで出かけることにした。


明け方が一番寒い。

そのことは頭では分かっていた。でも――。

「こんなに寒いなんて……」

堀田沙代は思わずそう呟《つぶや》いていた。声に出して言うと、寒さに声さえ震えた。

精一杯、暖かくして来たつもりだ。一番厚手のセーター。もう何年も着ていなかった、古いデザインのオーバー。

マフラーをして手袋をはめて……。

これなら南極だって大丈夫！

そのつもりだったが……。

やっぱり寒い！　どこか、暖かい場所といっても、この辺は住宅地で、家と小さな公園くらいしかない。

私鉄の駅へ行くバスはまだ走っていなかった。駅に行けたら、電車でどこか都心へ出られる。

でも、それまでは……。

たぶん、まだ家では沙代が家出したことに気付いていないだろう。

沙代は公園の中に入って行くと、ベンチに腰をおろした。スチールのベンチは冷たかったが、立っているのは辛《つら》い。

でも、どんなに寒くても――。

「帰るもんか！」

決心して出て来たのだ。たとえ凍え死んでも、家には帰らない！

サワサワと木の枝が鳴って、風が出て来た。マフラーをきつく巻きつけても、わずかな隙間《すきま》から冷たい風が忍び込んで来た。

——この辺は郊外なので、都心より二、三度気温が低い。

お父さんは、N大の教授で、この住宅地の家を買った七、八年前は、それが精一杯だったのだ。

でも、その後、たまたまTVの取材でしゃべったコメントが受けて、トーク番組や、ニュースワイドショーのコメンテーターに招かれるようになった。

たちまちいくつもの番組から声がかかるようになり、父、堀田完二《かんじ》は「売れっ子」になったのである。

そして、父は変わってしまった。

夜遅いTV番組のレギュラーになったこともあって、都内のマンションの部屋を借りて、週の半分はそっちに泊まるようになった。

その内、TV局の女性アナウンサーと噂《うわさ》が立ち、週刊誌に書かれたりした。

「勝手なんだから……」

自分が浮気しているくせに、と言うより、だからこそなのかもしれないが、沙代が出歩くことや、誰と付き合っているか、にうるさく口を出すようになった。

それで、こうして家出して来たのだが、どうせ分かっちゃくれないだろう。

少しは心配させてやりたかったのだが、心配なんかしないかもしれない……。

「どうせ……私のことなんか……どうでもいいのよ……」

こんなに寒いのに、沙代は、いつしかウトウトしていた。

——ん？　何だか暖かいものが……。

毛布でもかけてくれたのかな？　モジャモジャして、ずいぶん長い毛の毛布だな。

でもフワフワして、あったかくて、気持ちいい……。

沙代はフッと眠って——ハッとした。

「いけない！　こんな所で……」

頭を振って、大欠伸《おおあくび》した。

すっかり明るくなっている。でも、人気《ひとけ》はなくて、そう時間はたっていないだろう。

ヒョイとベンチの隣を見ると——。

ライオンがいた。
「――え?」
沙代は目をこすった。でも――どう見てもライオンだ。
ぬいぐるみ? それにしちゃ大きい!
沙代にくっついて、眠ってるみたいで……。
スーッ、ハーッという寝息まで聞こえている。
でも、まさか、本物のライオンがこんな所で寝てるわけないよね?
「夢か。――うん、これって夢なんだ」
と呟く。
沙代は立ち上がると伸びをして、歩き出した。
公園を出るとき、念のために振り返ると、ベンチの上にはもう何もなかった。
やっぱり夢だったんだ。
ホッとして、沙代は通りを歩き出した。

✠ 響き

駅へ行くバスも、もう走ってるだろう。

バス停には誰もいなかった。でも——道の向かい側のバス停に、駅からのバスがちょうど停まるところだった。

こっちも、待ってればじきにやって来るだろう。

沙代《さよ》はホッとしたのだが——。

「あ……」

まずい、と思ったのは、向かい側のバス停で降りて来た高校生たちを見たからだった。

いつも一緒にいる三人組の男子高校生だが、ほとんど学校へ行かずに、都心で夜中まで遊んでいる。もちろん十七、八のはずだが、タバコもやれば酒も飲む。

同じ住宅地に住んでいて、平日の昼間でもよくタバコを喫《す》いながら、ぶらぶらしている。大人たちは誰もが眉《まゆ》をひそめているのだが、高校生といっても体も大きく、髪を染めたりは当たり前、近所の女の子をからかって、注意するとナイフをちらつかせて凄《すご》んでみせるので、みんな避けてしまうのだ。

夜の間遊んで、今帰って来たところなのだろう。

沙代は気付かないふりをして背を向けていたが、向こうが見逃すはずはなかった。

「おい、こんな時間に女の子がフラついてるぜ」

「何やってんだ？　学校行くんでもないみたいだな、鞄《かばん》持ってないし」

三人は通りを渡って来ると、沙代を取り囲んでしまった。

「どこ行くんだ？　お前、どっかで見たことあるな」

「こいつ、ほら、TVによく出てる大学の先生の娘だぜ。確か、堀田《ほった》とかいう」

「そうか！　あのアナウンサーといい仲になってるって奴だな」

沙代は、じっと目を伏せていた。

「――親父《おやじ》があんなに有名人なんだから、さぞかし金持ってんだろ」

「俺たち、ゆうべ散々遊んで、金がなくなっちまったんだ。ちょっと貸してくれよ」

「私……そんなに……」

持ってません、と言いたくても怖くて言葉が出ない。

「持ってるだけでいいからさ、財布出せよ」

突《つ》つかれて、よろける。どうしようもなかった。

財布を取り出すと、一人が引ったくって、

「――何だ。結構入ってるじゃねえか」

「いいな。その金で遊びに行こうぜ」

「こいつも一緒にな」

「もちろんだ！　金を借りるんだから、礼をしなきゃな」

腕をギュッとつかまれて、身がすくんだ。

「可愛《かわい》いじゃないか。付き合ってもらおうぜ」

「面白い所へ連れてってやるよ、なあ？」

「あの……やめて下さい……」

と言ったものの、肩をギュッと抱いてくる手を振り切ることなどとてもできない。

「彼氏いるのか？　キスぐらいしたことあるんだろ？」

三人は笑った。そのとき——地響きのような、ゴーッという音がした。

男の子たちが凍りついた。目を大きく見開いて、沙代のことなど忘れてしまったように、

「おい……」

「逃げろ」

と、よろけるように逃げて行ってしまう。

「——え？」

どうしたの？　沙代はポカンとして、三人を見送っていたが——。

今のって……。

沙代が振り返ると、そこにライオンがいた。

「さっきの……」

今のはこのライオンの唸《うな》り声だったのか。

でも、何だか沙代は少しも怖くなかった。

さっき、あのベンチで一緒に眠ってたんだから。

そして、ライオンの、沙代を見る目はやさしかった。

「――ありがとう」

と、沙代は言った。

「あいつら、青くなって逃げてったね」

そっと手を伸ばして、ライオンの頭を撫でた。

でも――どうしてこんな所にライオンがいるんだろう？


「どうだ？」

〈山下《やました》サーカス〉団長の山下は、車の助手席で、ケータイを手に言った。

「まだ見付かりません」

と、三田《みた》ゆかりの声が言った。

「団長、もうそろそろ出勤する人たちが家を出て来てます。やっぱり――」

「何だ？」

「早く警察へ届けた方が……」

「いかん！　そんなことになったら、サムは問答無用で射殺されてしまう」

と、山下は怒鳴った。

「もっと捜せ！　いいな」

「分かりました」

ゆかりからの通話は切れた。

山下は不機嫌な顔で、じっと窓の外へ目をやっている。

車をゆっくりと走らせているのは、山下の妻、信子《のぶこ》だった。

「すっかり明るくなったわね」

と、信子が言った。

「そんなこと、言われなくたって分かっとる」

と、山下は怒ったように言った。

「でも――村木《むらき》さんが死んだことだって、届けなくちゃ」

「届けたって、死んだものは生き返って来ない」

「それは分かってるけど……」

「気が付かなかったと言えばすむ。今はサムを見付けることだ」

村木の遺体は、彼のキャンピングカーのベッドに寝かせてあった。

起きて来ないので、見に行ったら死んでいた、ということにするのだ。

「もし、サムが人目に触れてたら、大騒ぎになってるわ」

と、信子は言った。

「ああ。パトカーのサイレンも聞こえない。まだ誰も通報してないんだ」

「ええ、もちろん分かってる。あの子は人を襲ったりしないでしょう。ただ、朝の食事をしないで出て行っちゃったから、お腹を空《す》かしてる」

——サーカスで生まれ、育ったサムである。生肉などの食事は、自分で捕《と》らえて食べていたわけではない。

犬や猫を食べたりはしないだろう。

「ゆかりを少し別の方へ行かせるか」

と、山下がケータイを手にする。

「そうあわてても。──ゆかりはちゃんと考えてるわよ」

「しかし……」

「あなた、気が付いてる？」

「──何をだ」

「ゆかりよ。妊娠《にんしん》してるわ」

山下が唖然《あぜん》として、

「馬鹿な！　本当か？」

「女には分かるわ。──馬に乗るのに、慎重になってるわ」

「しかし……ゆかりが誰と？」

信子はチラッと夫を見て、

「あなたじゃないでしょうね」

と言った。

「よせ！　あれは──昔のことだ」

「知ってるわ。あのとき、ゆかりは十八だったわね」

「一度だけだ。謝っただろう」

「そうふてくされないで。あなたでなきゃ、誰？」

「知るか」

と、山下は腕組みして、

「おい、そこを左折してみろ。向こうに林がある」

「サムはジャングルにいたわけじゃないのよ」

「いいから曲がれ！」

信子は肩をすくめてハンドルを切った。


「あ、来た来た」

その古ぼけたトラックが見えると、沙代は大きく手を振った。

トラックは沙代のそばへ寄って来て停まった。

「——沙代ちゃん、何してんだ、こんな所で？」

と、運転席から顔を出したのは、ジャンパー姿の若者で、

「初兄《はじめ》ちゃん、お願い！　学校まで乗せてってよ」

と、沙代は言った。

高井《たかい》初は、沙代を小さいころからよく知っている。もちろん、ずっと年上で、今二十四、五。

家が酒屋だったが、父親が亡くなってからコンビニに改装した。

それでも、毎朝、お得意の居酒屋やバーにお酒を届けて回って、いつもたいていこの時間に戻ってくる。沙代は「初兄ちゃん」と呼んで、よく遊んでもらっていたのだ。

「学校まで？　――ま、どうせ配達はすんだからいいけど」

「ありがと！」

沙代はトラックの助手席の方へ回って、乗り込んだ。

「鞄《かばん》もないのか？」

と、初が言った。

「今日、体育だけなの。でも遅れそうだから」

「へえ。でも、トラックより電車の方が早くねえか？」

「寝不足で眠いの。お願い」

「いいよ、もちろん」

そのとき、トラックがちょっと揺れた。

「うん？　何か揺れたか？」

「そう？　気のせいじゃない？　荷台、空《から》っぽでしょ」

「そうだな」

トラックが走り出した。

沙代はチラッと後ろを振り向いた。ライオンのたてがみがちょっと覗《のぞ》いている。

これなら大丈夫！

沙代は座席に座り直して、目を閉じた。


「うん？」

クロロックが足を止めて、振り返った。

「お父さん、どうしたの？」

と、エリカが訊いた。

「今、トラックが通ったろう。妙な匂《にお》いがした」

「匂い？　何か積んでたんでしょ」

「見えなかったが……。野生の動物のような匂いだった」

「へえ……。でも少なくとも沙代ちゃんの匂いじゃなさそうだね」

「確かにな。――しかし、その両親もひどいな。娘が家出して、他人に捜させるとは」

エリカとクロロックは、堀田沙代の家の周辺をずっと捜していた。

「これ以上捜しても見付からないね。もう家の人に任せよう」

「うむ。賛成だ」

と、クロロックは肯《うなず》いた。

少し行くと、やや古ぼけた車が一台、やって来るのが見えた。なぜかいやにゆっくり走っていたが、エリカたちのそばで停まると、

「――失礼だが、何かを捜しているのかな？」

と、男が顔を出して言った。

「ちょっと家出した女の子をな。見かけなかったか?」

と、クロロックが逆に訊いた。

「残念ながら。——いや、失礼」

と、窓を閉めようとした。

「待ってくれ」

と、クロロックは言った。

「もしかして、あんたたちは、動物を飼っているのか?　それもペットでなく、野生の動物を」

男は一瞬ギクリとした様子で、

「どうしてそんなことが分かる?」

「そういう匂いがしている」

「そうか?　失礼する」

車は行ってしまった。

「——お父さん」

「うむ。さっきすれ違ったトラックから、同じような匂いがしていた」

「野生の匂い？　動物園の人とか？」

「どうかな。しかし、あの二人も何かを捜している様子だった」

「そうか。それでわざとゆっくり走らせてるんだね」

と、エリカは肯いて、

「でも――動物が逃げたんだったら、もっと大騒ぎになってるんじゃない？」

「そうだな。もし虎やライオンが逃げ出したりしたら、とんでもないことだからな」

と、クロロックは言った。

「まさか！　そんなことがあったら、大変だよ」

と、エリカは笑って言った。

✠ 仮住まい

「どうもありがとう」

トラックから降りて、沙代《さよ》は高井初《たかいはじめ》に礼を言った。

「いいのか、こんな所で？」

と、初がふしぎそうに訊く。

「うん。ここから林を抜けてった方が、グラウンドに近いの」

「そうか。じゃ、またな」

「ありがとう！」

トラックがゆっくり走り出す。荷台から、ライオンが飛び下りて来た。

「早く、こっち！」

と、沙代は手招きして、林の中へとライオンを連れ込んだ。

沙代の通っているS学園は緑が多いことで知られている。自然の林が沢山《たくさん》残っていて、全校を囲む塀《へい》もないので、こうして外の道から敷地の中に入れるのだ。

「見付かったら大変だからね」

と、林の中を抜けながら、沙代は言い聞かせるように、

「唸《うな》ったりしないんだよ。黙ってれば、まず分かんないから」

誰かに見付かって一一〇番通報されたら、射殺されてしまうだろう。——そう思うと、沙代は自分をあの高校生たちから助けてくれたこのライオンを、何とか無事に帰してあげたいと考えたのである。

動物園かサーカス。

沙代にも、このライオンがとてもきれいで、たてがみもよく手入れされているので、そのどちらかから逃げ出したのだろうと見当がついた。

「おうちに帰らなきゃね」

と、沙代が言うと、ライオンが、

「グオッ」

と、短く答えた。

まるで、ちゃんと会話が成立したかのようで、沙代は笑ってしまった。

「——さ、こっちだよ」

敷地の広いこの学園には、もう使わなくなった古い木造校舎がそのままになっている。

その傍に、物置だったとしか思えない小屋があった。

「ここにいな」

と、沙代はライオンを中へ入れて、

「お腹空《す》いてる？」

「グオッ」

「でも——私を食べてもおいしくないと思うよ。何か買って来てあげる。待っててね」

沙代は小屋の戸を閉めると、さて、何がライオンの好物なんだろう、と考えた。

生肉？　でも、私が生の肉何キロも買うなんておかしなものだよね。

ここは——やはり、「なじみの味」しかない！　お腹が空きゃ、何でも食べるだろう。

沙代は林を抜けて外の通りへ出ると――。

「私のこづかいじゃ、これが限度」

と、両手にさげた袋から、ドサッと床に落としたのは――ハンバーガー十個。フライドチキンのキングサイズ四つ。

ライオンは鼻を当てて、見慣れないエサの匂《にお》いをかいでいたが――。

「いやなら無理に食べなくていいんだよ。あんまりこういうもんばっかり食べてると……体に……悪い……」

しゃべっている間に、ライオンはグワッとハンバーガーの山に食いつき、アッという間に十個全部食べてしまった。

「気に入った……みたいね」

と言ったとたん、フライドチキンも、たちまち目の前から消えた。

ライオンは満足した様子で、大きく息をつくと、床に寝そべって、リラックスしている様子だった。

「——良かった」

とりあえずは満足してくれたようだ。でも、もうこづかいが乏《とぼ》しい。

「何とか考えるからね。ここで寝てて」

ライオンの鼻先を撫でると、気持ち良さそうに目を閉じている。

何だか、ちっとも怖い気がしない。

「そうだ。私って家出したんだっけ」

と、思い出している沙代だった。

「どうなってる！」

山下《やました》は苛々《いらいら》と怒鳴った。

「これだけ捜しても見付からないんですから、この近くにはいないんですよ」

と、三田《みた》ゆかりが言った。

「といって、騒ぎが起こってないってことは、まだ人目についてないってことね」

と、信子《のぶこ》が言った。

「警察へ届けましょう」

と、ゆかりが言った。

「サムが射殺されてもいいのか！」

「説明して、人を襲ったりしないと納得してもらえれば……」

「追い詰めれば、やはり野獣だ。反抗してくるだろう」

山下のキャンピングカーの中だった。

そこへ、

「お話し中、失礼する」

と、ドアを開けて入って来たのは、マント姿の――もちろんクロロック。

「あんたたちは、さっき道で会った……」

と、山下がクロロックとエリカを見て、

「何のご用かな？」

「動物が脱走したのだな。それも猛獣の類《たぐい》が」

「どうしてそれを――」

「分かるとも。それに、誰か亡くなった人もいるようだ」

山下たちは顔を見合わせていたが、

「――あんたは、そういう格好をしているが、日本の人ではないのだな」

と、山下がクロロックをじっと見て、

「そして、ふしぎなところのある人のようだ。確かに、このサーカスでライオン使いだった年寄りが死んだ」

「私は永年、人の死を見て来た者でな」

と、クロロックは肯《うなず》いて、

「死の持つ雰囲気《ふんいき》を感じ取るのだ。――では、そのせいでライオンが逃げ出したのか」

「サムという雄《おす》の立派なライオンだ。もし見付かれば射殺されるかもしれん。何とか我々の手で見付けようとしているのだが……」

と、山下が辛《つら》そうに言った。

クロロックが三人を眺め渡して、

「さっき、あんたたちの車と会ったとき、その少し前に通ったトラックから、獣の匂いがしたのだ」

「トラック？」

「ああ。もしあれがサムというライオンの匂いだとしたら……」

「トラックの荷台にでも乗って行ったのかしら」

と、信子が青ざめた。

「もしそうなら、ずっと遠くへ行ってしまってるかもしれません」

と、ゆかりが山下の方へ、

「もう無理ですよ。警察へ連絡しましょう」

「そうか……。そうだな」

山下は肩を落として、

「うちのサーカスも、これでおしまいかもしれん」

「そうなると決まったものではない」

と、クロロックが励《はげ》ますように言った。

「届け出て、誰かがサムに出会《でくわ》したら、すぐ行動できるようにするのだ」

「そうします」

と、信子が言った。

「あなた。いえ、ゆかりちゃんの方がいいかもしれないわ」

「分かりました。電話します。団長、途中で替わって下さい」

と、ゆかりはしっかりと肯いて言った。


いつの世にも見られる光景が、S学園にもあったという、それだけのことだった。

「——おい、誰もいなかったか?」

「大丈夫だ。用心してるよ」

「よし、その辺でいいだろ」

S学園の男子高校生が三人、古い木造校舎の辺りへやって来た。

「——ま、いいよな、うちの高校は。こんな場所があってさ」

一人がポケットからタバコを取り出して、使い捨てのライターで火をつけた。他の二人も、ちょっと慣れない手つきでタバコをくわえる。

「――うまいな！」

タバコの味が分かるとはとても思えないが。

そんなことで、少し「大人ぶる」のが面白いのだろう。

「またそろそろ、抜き打ちの持ち物検査があるころじゃねえか？」

「そうだな。この前はうまく引っかからなかったけど」

「気を付けねえと、そろそろ大学のこともあるしな」

「うちで喫《す》えるといいんだけど、お袋がうるさくてよ」

三人とも、一応ちょっとワルぶっているが、外見は「お子様」である。

一人がむせて咳《せき》をした。

「――おい、誰か来るぞ！」

と、一人が言った。

「やばい！　隠れよう！」

三人はあわててタバコを捨てて踏みつけてから、

「その小屋だ。――早くしろ！」

三人は小屋へと駆け込んで行った。

そして──。

「ワーッ！」

と叫びながら、三人が転がり出てくるのは五秒後のことだった。

✠ 包囲

「大変だな、これは」

と、クロロックもため息をつかざるを得なかった。

三田《みた》ゆかりが警察へ通報、そして、S学園の生徒が職員室へ駆け込んでから、約三十分。

S学園の周辺は、警察車両が取り囲み、誰も中へ入れなくなっていた。

学園の生徒全員を外へ避難させ、教職員も一人残らず学園から出て来た。

空には取材のヘリコプターが飛び回っている。むろん、TV局の中継車も何台もやって来て、学園の周辺でひしめき合っていた。

「お願いです！　サムはおとなしいんです。射殺するのは何とか――」

と、山下《やました》が懇願《こんがん》しても、

「じゃ、誰かがかみ殺されたら、あんたが責任を取るのか！」

と怒鳴られてしまう。

「初めに私たちが行って、連れて来ます」

と、ゆかりが言った。

「私たちはどうなっても、自分たちのせいですから」

「いかん！　被害が出れば、こっちの責任になる」

警備の隊長はまるで聞く耳を持たなかった。

「見付け次第射殺！　それしかない」

集まった野次馬や、近所の住人からは、

「早く殺して！」

という声が飛んでいた。

「お父さん、どうする？」

と、エリカが言った。

「うむ……。ともかくみんな頭に血が上っとる。一旦冷やさんとな」

するとと、そこへ、

「エリカ先生！」

と、声がした。

「まあ、沙代《さよ》ちゃん！」

「どうしましょう！　私があの子をここへ連れて来ちゃったんです」

沙代の話を聞いて、クロロックは、

「ではあのトラックが、やはりそうだったのだな」

「何とか助けて！　私を不良たちから守ってくれたんです」

「でも、今そんな話をしても、警察の人は聞いちゃくれないわよ」

クロロックは空を見上げて、

「周囲がこんな状況になっていることも、ヘリが飛び回っていることも、サムというライオンには緊張のもとでしかないな」

「興奮させちゃいけないのにね」

「その小屋というのはどの辺だ？」

と、クロロックが訊く。

「この奥です。私、ここから連れて入ったので……」

クロロックはちょっと考えていたが、

「これだけ大勢警官がいると、催眠術《さいみんじゅつ》というわけにもいかんな」

と、首を振って言った。

「中からライオンを追い出せ！　出て来たところを一斉射撃だ！」

と、隊長が怒鳴っている。

「――でも、誰が追い出すんですか？」

と、部下が訊くと、

「誰か――ライオンと心中《しんじゅう》してもいいという奴だ」

「そんな者、いません」

「待て」

クロロックがマントをフワッと広げて、

「ここはひとつ、私に任せなさい」

と、隊長の前に進み出た。

「何だ、あんたは？」

隊長が目を丸くしている。

「見て分からんかな？　映画でおなじみの吸血鬼だ」

「何だと？」

「君らには、孤独なライオンの気持ちは分かるまい。今、ライオンはひとりぼっちで、怯《おび》えているのだ」

「どうしてそんなことが分かる」

「私は吸血鬼として、四百年生きて来た。その知恵で、猛獣の気持ちが分かるのだ」

「こいつ、相当イカレとるな。あんた一人でライオンの所へ行くというのか？」

「さよう。何も心配することはない、と説明して、仲良く出て来る。君たちも、無益な殺《せっ》生《しょう》をしなくてすむ。それが一番だろう」

「待て。もしあんたが食い殺されたら――」

「心配は無用。サーカス育ちのライオンは、動いているものをエサとして食べたことがない。万一、私が殺されても、私は外国人だ。君の責任にはならん」

「なるほど……」

理屈はよく分からなかったが、隊長は、「死んでも日本人でないのなら、責任問題にはなるまい」と思ったのである。

「では、ちょっと失礼して」

と、クロロックは、呆気《あっけ》に取られている警官たちの間を割って通ると、

「サーカスの団長、サムが出て来たときに、好物をやれるように用意しておいてくれ」

と、山下へ声をかけた。

みんなが、クロロックに気を取られている間に、エリカはこっそりと沙代と一緒に、林の中へ入って行った。

「エリカ先生のお父さんって、面白い人ですね」

と、沙代が言った。

「うん。まるで本物の吸血鬼みたいでしょ」

と、エリカは言った。

あの小屋の近くまで来ると、クロロックも合流した。

「その小屋の中です」

と、沙代が言った。

「私が連れて来ます」

「いや、それはいかん。サムはいつになく興奮しているはずだ」

と、クロロックは言った。

「まず中の様子を――」

と言いかけて、クロロックは、

「気配がないぞ」

「え？　でも――」

戸を開けると、小屋の中は空《から》っぽだった。

「どこへ行っちゃったんだろう？」

「落ちつけ。あの隊長たちが待ち構えている方へ行かなければいいが」

「捜します！」

沙代は古い木造校舎の方へと駆け出して行った。

「早く見付けないと」

と、エリカは言った。

「うむ。高い所から見渡すのが早いだろう」

クロロックは木造校舎を見上げて、

「エリカ、この屋根の上に上がって、周りを見てくれ」

「え？　お父さんが上がれば？」

「私の体重では、屋根が壊れるおそれがある。お前なら大丈夫だろう」

「もう……。分かったよ」

エリカは木造校舎の窓枠《まどわく》に飛びつくと、弾みをつけて、一気に二階の屋根の上に飛び上がった。

「ワッ！」

屋根の上に下り立つと、片足が屋根を踏み抜き、ズボッと膝まで入ってしまった。

「おい、大丈夫か？」

「危ないところ。お父さんなら突き破ってるね」

エリカは足を抜いて、新しい校舎と校庭を眺め回した。

「何か見えるか？」

「どこにも……。あ、待って」

何か茶色い物が校庭から校舎の中へ入って行った。

「新しい校舎の中だよ。通り抜けると、正面の射撃手の人たちの方へ出る」

「いかんな！　よし、行ってみよう」

クロロックが風のような勢いで走り出し、新しい校舎の中へと駆け込んだ。

「出て来ました！」

と、双眼鏡を手にした警官が叫んだ。

ちょうど、校舎の入口が見えている。中はほの暗いが、そこに悠然《ゆうぜん》とライオンが現れたのである。

「正面だ！　ライフル、用意！」

と、隊長が怒鳴った。

二十近い銃口が、サムへと向けられていた。

「やめて下さい！　お願い！」

と、ゆかりが叫んだが、もう誰の耳にも入っていなかった。

「狙え！　――撃て！」

一斉にライフルが火を吹いた。凄《すご》い銃声が辺りに響き渡った。

すると――ライオンの姿は、粉々に砕《くだ》け散った。

「――何だ？」

と、隊長が啞然《あぜん》としている。

「落ちつけ！」

代わって現れたのはクロロックだった。

「今、あんたたちが撃ったのは鏡だ」

クロロックは校舎の入口の壁にあった大きな鏡をはがして、サムの姿を映して見せたのだった。

「心配ない。銃を下ろせ」

クロロックはマントをフワッと広げて、

「今、目の前に、世にも珍しい光景を見せてあげよう」

誰もがキョトンとして見ていると、クロロックが、隠していたマントをサッと翻《ひるがえ》した。

「――サム！」

と、ゆかりが言った。

そこには、まるで馬に乗るように、ライオンにまたがった沙代がいた。

そして、たてがみをつかんで、サムの頭を撫《な》でると、サムは沙代を乗せて、ゆっくりと進んで来た。

沙代が乗っていては、撃つこともできない。それに、そのサムには少しも危険な野獣の印象がなかったのである。

「サム！」

ゆかりと山下が、サムに向かって駆けて行った。

「ともかく、良かった」

と、クロロックが言った。

「いくらお父さんでも、ライオンとは話せなかったでしょ」

と、エリカが言った。

「まあな。しかし、考えていることは分かったぞ。あの女の子を気に入ってることもな」

――〈クロロック商会〉の近くのレストランで、二人はランチを食べていた。

山下は、サムが逃げ出したことを、すぐに届け出なかったので、警察から叱《しか》られたが、ともかくあの一件で、サムは大人気になり、〈山下サーカス〉も客が倍も入って、公演が延長されるという状況だった。

「ゆかりさんが、出産までお休みするけど、サムの人気で充分やっていけるそうよ」

と、エリカは言った。

三田ゆかりは、同じサーカスの中年の男やもめのクラウンと結婚すると公表した。お腹の子の父親だったのである。

「――あ、電話だ」

エリカのケータイが鳴った。

「もしもし。——え？　沙代ちゃんがまた家出した？」

「先生、何とか連れ戻して下さい」

と、母親の靖子《やすこ》が言った。

「ご自分で捜して下さい。私、迷子捜しはやってないんです」

「いえ、どこにいるかは分かってるんです」

「じゃ、ご自分で連れ戻しに行けばいいじゃないですか」

「それが、どうしても帰らないと言っていて……」

「どこにいるんですか、沙代ちゃん？」

「サーカスです」

「は？」

「あのサーカスに入って、ライオンの世話をすると言って。〈ライオン使い〉になるんだって。お願いです！　あの子を——」

「私に言っても無理ですよ」

「でも、他に誰も……」

「それじゃ、あのライオンのサムに頼んでみたらいかがですか?」

エリカはそう言って、

「今、食事中なので、失礼します」

と、通話を切ったのだった。

※この作品はフィクションです。実在の人物・団体・事件などにはいっさい関係ありません。

集英社オレンジ文庫をお買い上げいただき、ありがとうございます。
ご意見・ご感想をお待ちしております。

● あて先
〒101-8050　東京都千代田区一ツ橋2-5-10
集英社オレンジ文庫編集部 気付
赤川次郎先生

集英社
オレンジ文庫

吸血鬼と猛獣使い

2022年7月25日　第1刷発行

著　者　赤川次郎
発行者　北畠輝幸
発行所　株式会社集英社
〒101-8050東京都千代田区一ツ橋2-5-10
電話【編集部】03-3230-6352
【読者係】03-3230-6080
【販売部】03-3230-6393（書店専用）
印刷所　大日本印刷株式会社

ISBN 978-4-08-680455-4 C0193

赤川次郎
吸血鬼はお年ごろ
シリーズ

①天使と歌う吸血鬼
人気の遊園地が突然の入園禁止！ 外国の要人が視察に訪れ、
その歓迎式典である女性が歌うというのだが…。

②吸血鬼は初恋の味
吸血鬼父娘が出席した結婚披露宴で、招待客が突然死！
そんな中、花嫁は死んだはずの元恋人と再会して…？

③吸血鬼の誕生祝
住宅街を歩く吸血鬼父娘が少年から助けを求められた。
少年の祖父が常人離れした力で暴れているらしく！？

④吸血鬼と伝説の名舞台
クロロックが目を付けた若手女優が大役に抜擢された。
重圧を感じながら稽古に励む彼女に怪しい影が迫る！！

⑤吸血鬼に鐘は鳴る
クロロックの出張についてドイツにやってきたエリカ。
田舎町で出会った美しい日本人修道女の正体は…？

⑥吸血鬼と呪いの森
エリカが家庭教師をしていた教え子の新居に怪奇現象！？
「幸せ」の象徴だったはずの家に隠された秘密とは…？

⑦合唱組曲・吸血鬼のうた
古美術品の詐欺事件、そして幻の秘宝とされる十字架の
伝説を追うべく、吸血鬼父娘は東欧へ飛ぶ──！

好評発売中

集英社オレンジ文庫

小田菜摘

掌侍《ないしのじょう》・大江荇《こう》子《こ》の宮中事件簿 弐

宮中の二大禁忌を知ってしまった
内裏女房の荇子。此度も誰にも禁忌を
悟られぬように隠ぺいに奔走する!?

—〈掌侍・大江荇子の宮中事件簿〉シリーズ既刊・好評発売中—
【電子書籍版も配信中　詳しくはこちら→http://ebooks.shueisha.co.jp/orange/】

掌侍《ないしのじょう》・大江荇《こう》子《こ》の宮中事件簿

集英社オレンジ文庫

柳井はづき

花は愛しき死者たちのために

黒ずくめの男が運ぶ硝子の棺には、
決して朽ちることのない少女エリスの
遺体が納められている。時代や国を
問わず、彼女の永遠性と美しさに
魅せられた者たちは、
静かに破滅へと向かっていく…。